和谐校园文化建设读本

民间笑话

MINJIAN XIAOHUA

李 畅/编写

吉林教育出版社

图书在版编目(CIP)数据

民间笑话 / 李畅编写. — 长春：吉林教育出版社，2012.6（2022.5重印）
（和谐校园文化建设读本）
ISBN 978－7－5383－8799－5

Ⅰ．①民… Ⅱ．①李… Ⅲ．①笑话－作品集－世界 Ⅳ．①I17

中国版本图书馆 CIP 数据核字（2012）第 116027 号

民间笑话				李　畅 编写

策划编辑　刘　军　　潘宏竹
责任编辑　付晓霞　　　　　　　　　　装帧设计　王洪义

出　版　吉林教育出版社（长春市同志街 1991 号　邮编 130021）
发　行　吉林教育出版社
印　刷　北京一鑫印务有限责任公司
开　本　710 毫米×1000 毫米　1/16　　13 印张　　字数　165 千字
版　次　2012 年 6 月第 1 版　2022 年 5 月第 3 次印刷
书　号　ISBN 978－7－5383－8799－5
定　价　39.80 元

吉教图书　　　版权所有　　　盗版必究

编委会

主　　编：王世斌

执行主编：王保华

编委会成员：尹英俊　尹曾花　付晓霞
　　　　　　刘　军　刘桂琴　刘　静
　　　　　　张　瑜　庞　博　姜　磊
　　　　　　潘宏竹
　　　　　　（按姓氏笔画排序）

总 序

千秋基业,教育为本;源浚流畅,本固枝荣。

什么是校园文化?所谓"文化"是人类所创造的精神财富的总和,如文学、艺术、教育、科学等。而"校园文化"是人类所创造的一切精神财富在校园中的集中体现。"和谐校园文化建设",贵在和谐,重在建设。

建设和谐的校园文化,就是要改变僵化死板的教学模式,要引导学生走出教室,走进自然,了解社会,感悟人生,逐步读懂人生、自然、社会这三部天书。

深化教育改革,加快教育发展,构建和谐校园文化,"路漫漫其修远兮",奋斗正未有穷期。和谐校园文化建设的研究课题重大,意义重要,内涵丰富,是教育工作的一个永恒主题。和谐校园文化建设的实施方向正确,重点突出,是教育思想的根本转变和教育运行机制的全面更新。

我们出版的这套《和谐校园文化建设读本》,全书既有理论上的阐释,又有实践中的总结;既有学科领域的有益探索,又有教学管理方面的经验提炼;既有声情并茂的童年感悟,又有惟妙惟肖的机智幽默;既有古代哲人的至理名言,又有现代大师的谆谆教诲;既有自然科学各个领域的有趣知识,又有社会科学各个方面的启迪与感悟。笔触所及,涵盖了家庭教育、学校教育和社会教育的各个侧面以及教育教学工作的各个环节,全书立意深邃,观念新异,内容翔实,切合实际。

我们深信:广大中小学师生经过不平凡的奋斗历程,必将沐浴着时代的春风,吸吮着改革的甘露,认真地总结过去,正确地审视现在,科学地规划未来,以崭新的姿态向和谐校园文化建设的更高目标迈进。

让和谐校园文化之花灿然怒放!

本书编委会

目 录

嘲讽类

匿肉于怀 …………… 001
拾白菜 …………… 001
别用手打 …………… 002
皇帝衣帽 …………… 002
白字先生 …………… 002
一扫空 …………… 003
假作慈悲 …………… 003
死后不赊 …………… 004
藏贼衣 …………… 004
有天没日 …………… 005
取 金 …………… 005
万 字 …………… 006
阿凡提的故事 …………… 006
　戏弄县官 …………… 006
　胡大的嘱咐 …………… 008
　奇怪的商队 …………… 008
　它骂你也是一只狼 …………… 009
　鸟 语 …………… 009
　死神也怕 …………… 009
　死了也不会往下走 …………… 010
　国王的生肖 …………… 010
　两头驴的东西 …………… 010
　国王有四条腿 …………… 010
　毛驴总督 …………… 011
　金钱和正义 …………… 011
　察 狱 …………… 011
　王 袍 …………… 012
避雨奇遇 …………… 012
种金子 …………… 013
真的没有了 …………… 014
庄稼汉的力量 …………… 015
到驴圈去 …………… 015
扇驴脸 …………… 016
寻找智慧 …………… 016
"好极了" …………… 017
比国王早死两天 …………… 018
沙格德尔的故事 …………… 019
拿人们的血肉摆宴席 …………… 019
六张绵羊皮 …………… 019
捐 官 …………… 020
解缙幼年时期的故事 …………… 021
　智 答 …………… 021
　智 对 …………… 021
　智 斗 …………… 022
"吹破天"的故事 …………… 023
"诗才"丢了耳朵 …………… 023
火龙衣 …………… 025
秃财主的忌讳 …………… 026
雨怕抽税 …………… 027
靠丈人的势力 …………… 028
换 鱼 …………… 028
鸡有七德 …………… 028
两条梁 …………… 029
靠谁养活 …………… 029
假 银 …………… 029

偷鞋刺史 …………………… 030
心田不正 …………………… 030
再打三斤 …………………… 030
自讨没趣 …………………… 031
有其父必有其子 …………… 031
嘲吃黄瓜 …………………… 032
最好吃和最不好吃的 ……… 032
吃冤家 ……………………… 033
秀才改对联 ………………… 033
野鸭子极多 ………………… 034
四个铜钱 …………………… 034
草地牧牛图 ………………… 035
县官看戏 …………………… 035
一笔利息 …………………… 036
死不瞑目 …………………… 036
富人赴宴 …………………… 037
一不动,二不吃 …………… 037
冬天没裤穿 ………………… 037
才　子 ……………………… 038
"豆"有此理 ………………… 039
喝名的人 …………………… 039
真本事 ……………………… 040
艾玉的故事 ………………… 041
　撑　船 …………………… 041
　跟在后面 ………………… 041
　买一饶一 ………………… 041
打　磨 ……………………… 042
问　路 ……………………… 042
"孝顺"媳妇 ………………… 042
墙头草 ……………………… 043
孔子之后有孔明 …………… 043
吉利话 ……………………… 043
改　姓 ……………………… 044

死也瞑目 …………………… 044
告　荒 ……………………… 045
愿变你父 …………………… 046
量　心 ……………………… 046
"鱼"民不如"瓜"重 ………… 047
《论语》治天下 …………… 047
咸　菜 ……………………… 048
"三个不要" ………………… 049
画　虎 ……………………… 049
清　高 ……………………… 050
"胸有碗墨" ………………… 050
不要命 ……………………… 051
没良心 ……………………… 051
一钱不救 …………………… 051
富人画像 …………………… 052
藏　金 ……………………… 052
吃白食的横理 ……………… 053
"听不清楚" ………………… 053
锯了半截正好 ……………… 053
借　牛 ……………………… 054
充硬汉 ……………………… 054
我也不认识了 ……………… 055
六条腿更快 ………………… 055
王三为人 …………………… 055
腰　伤 ……………………… 055
秀才砍树 …………………… 056
没有主见的人 ……………… 056
先生牛 ……………………… 057
大小多少 …………………… 058
认"一"字 …………………… 058
实不知情 …………………… 058
飞来的"熊掌" ……………… 059
才　子 ……………………… 059

别字先生	060	毕矮的故事	081
赎棉袄	060	狗吃书画	081
管家和跑腿	061	"瘟狗有福"	081
三个条件	061	有　理	082
衣食父母	062	烂盘子	082
青　盲	062	杀了没话	082
锄糊涂虫	063	吃糟饼	082
巴拉根仓的故事	063	瞌睡法	083
宝　驴	063	量体裁衣	084
"智慧囊"	065	弹发御史	084
一块臭肉	066	萝卜对	084
阿古登巴的故事	067	狗　咬	086
卖磨刀石	067	嚼嘴狗官	086
单道叔叔上当	068	五大天地	086
国王的座位	069	不会磨墨	087
贪心的商人	069	大奶奶属牛	087
骗子阿尔达尔·阔索	070	剥地皮	088
三个懒汉	071	案子断颠倒了	088
"白崖"打死的人	072	**诙谐类**	
岩江片的故事	073	邢矮子	089
大官哭了	073	和炒面	089
蚂蚁是马鹿	074	让鼠蜂	090
达太的故事	074	孙的下边才是你	090
土官戴"帽子"	074	抄近路	090
沙子着火	075	剁马肝	091
"天亮了"	076	妙　计	091
卜合的故事	076	哪个大臣不戴帽	092
自滚锅	076	矮坐头	092
治　禾	078	岂有此理	092
和加纳斯尔的故事	079	合本做酒	092
饭的味道和钱的声音	079	小鱼大眼	093
可汗的身价	080	七十三八十四	093
誓　联	080	市中弹琴	094

破网巾 ………………………… 094
祀灵山河伯 …………………… 094
"川"字 ………………………… 095
千手观音 ……………………… 095
隐身草 ………………………… 095
疮痛 …………………………… 096
戴笆斗 ………………………… 096
鸡 ……………………………… 096
吏人立誓 ……………………… 097
跌 ……………………………… 097
兄弟合买鞋 …………………… 097
撵不走的麻雀 ………………… 097
高帽子 ………………………… 098
蓝二骂田 ……………………… 098
下雨天留客天 ………………… 099
相法不准 ……………………… 099
较 岁 ………………………… 099
雁过拔毛 ……………………… 100
嘲客久住 ……………………… 100
不咸的盐 ……………………… 100
煮竹席 ………………………… 100
不能怪狗 ……………………… 101
骗 吃 ………………………… 101
一个手指头 …………………… 102
卖核桃 ………………………… 102
聪明的悲哀 …………………… 103
吸烟有理 ……………………… 103
想喝水 ………………………… 103
竹椅换鳖 ……………………… 104
挨打感恩 ……………………… 104
"难难他" ……………………… 105
齆 鼻 ………………………… 107
一回生二回熟 ………………… 107

晒 书 ………………………… 108
仨同年"扯大炮" ……………… 108
追赶兔子 ……………………… 109
"王"字驮在"马"上 …………… 110
"跃"也非"跳"也 ……………… 110
弹棉花的 ……………………… 111
不留饭 ………………………… 111
酒 酸 ………………………… 111
阿凡提的故事 ………………… 112
　吞只活猫 …………………… 112
　倒骑驴 ……………………… 112
　味道一样 …………………… 112
　它想起了童年 ……………… 113
　真话的分量 ………………… 113
　别渴着它了 ………………… 113
　吃抓饭搭肉 ………………… 114
　补上这一课 ………………… 114
　驾 驴 ……………………… 114
　海 水 ……………………… 115
　怪 梦 ……………………… 115
　笑 话 ……………………… 115
　把我的长袍捎上 …………… 115
　把多余的部分锯掉 ………… 115
　我睡着了 …………………… 116
　纪 念 ……………………… 116
　和年轻时力气一样大 ……… 116
好 饮 ………………………… 117
观棋不语真君子 ……………… 117
比比谁更吝啬 ………………… 118
李胡子也是人 ………………… 119
小洞变大洞 …………………… 119
书呆子与花狐狸 ……………… 119
吃烧饼 ………………………… 120

报　恩 …………………… 120	请　客 …………………… 132
哪有工夫睡觉 …………… 120	张古董讲故事 …………… 132
两个吝啬鬼 ……………… 121	**寓言类**
没有脸的人 ……………… 121	杞人忧天 ………………… 134
懒　人 …………………… 121	山　震 …………………… 135
和尚行善 ………………… 122	东施效颦 ………………… 135
等着下雪 ………………… 122	"咕　咚" ………………… 135
见老要鞠躬 ……………… 122	黄公嫁女 ………………… 137
妙处难学 ………………… 123	徒劳的寒鸦 ……………… 137
剪　箭 …………………… 123	狗国狗门 ………………… 138
兄弟争雁 ………………… 123	刻舟求剑 ………………… 138
看　匾 …………………… 124	揠苗助长 ………………… 139
嘲客食不知足 …………… 124	吹箫的渔夫 ……………… 140
"偷饭贼" ………………… 125	纸上谈兵 ………………… 140
不会丢的 ………………… 125	穿井得人 ………………… 141
而字先生 ………………… 125	南柯一梦 ………………… 142
我就没说话 ……………… 126	惊弓之鸟 ………………… 142
严父箴言 ………………… 126	自相矛盾 ………………… 143
看　地 …………………… 126	狼与鹭鸶 ………………… 143
巧嘴媳妇 ………………… 127	楚人隐形 ………………… 144
合伙做饭 ………………… 127	掩耳盗铃 ………………… 145
日字胖了 ………………… 128	南辕北辙 ………………… 145
至少胜他两倍 …………… 128	滥竽充数 ………………… 146
立誓戒酒 ………………… 128	守株待兔 ………………… 147
幸亏没穿袜子 …………… 128	爱钱忘命 ………………… 147
扛竹竿进城门 …………… 129	挤牛奶 …………………… 148
一厚一薄 ………………… 129	卜妻为裤 ………………… 148
饭量跌了 ………………… 129	三层楼 …………………… 148
节节不通 ………………… 130	河豚之怒 ………………… 149
一万人马 ………………… 130	偷　金 …………………… 149
买火柴 …………………… 130	痴人说梦 ………………… 149
哪个最高 ………………… 131	驱　盗 …………………… 150
一毛不拔 ………………… 131	
卖房子 …………………… 132	

愚人买鞋 …………………… 150
打草惊蛇 …………………… 151
呆县丞 ……………………… 151
铁杵磨针 …………………… 151

名人逸事类

不死酒 ……………………… 153
李白的幽默 ………………… 153
黄布染红了水 ……………… 153
纪晓岚的故事 ……………… 154
  智对乾隆 ………………… 154
  巧解"老头子" …………… 155
  佛前释笑 ………………… 156
  个个草包 ………………… 156
  真老乌龟 ………………… 156
  字谜戏乾隆 ……………… 157
  乾隆一谜五底难纪昀 …… 158
  "猜谜"晋级 ……………… 159
  绝句嵌十"一"字 ………… 160
  "七鹅"讥庸臣 …………… 161
  免"黄粱"解民难 ………… 162
  巧辩"梨、离"与"柿、事" … 162
郑板桥的故事 ……………… 164
  送贼诗 …………………… 164
  吟蟹诗 …………………… 164
  审石头 …………………… 165
  "奉旨革职" ……………… 168
  吟诗骂巡抚 ……………… 168
唐伯虎的故事 ……………… 170
  画 扇 …………………… 170
  画 虎 …………………… 172
  "大黑点"戏笑纨绔郎 …… 172
不知羞 ……………………… 173

不敢属马 …………………… 174
徐文长的故事 ……………… 174
  难倒窦太师 ……………… 174
  站在桌子上 ……………… 176
  圣贤愁 …………………… 177
苏东坡的故事 ……………… 178
  苏东坡打分 ……………… 178
  免得麻雀散伙 …………… 179
  王安石、苏东坡的"笑""鸠"之争
  …………………………… 179
刘伯温巧传"一"字谜 ……… 180
"进士第"改"进去剃" ……… 180
楚项羽保树解字谜 ………… 181
陶渊明解谜慰少女 ………… 182
蒲松龄的故事 ……………… 182
  吟诗骂贪官 ……………… 182
  "高山响鼓"和"八窃通士窃"
  …………………………… 183
庞振坤的故事 ……………… 184
  巧断钱袋 ………………… 184
  讨戏钱 …………………… 185
  智戏李稀毛 ……………… 187
  庞振坤来了 ……………… 188
  我是天子 ………………… 189
  劝 架 …………………… 191
  胡乱锯 …………………… 192
  一肚子青菜屎 …………… 193
  买鸡蛋 …………………… 193
  卖 画 …………………… 195
  喝酒吃肉 ………………… 195
  医心病 …………………… 197
  为船家作诗 ……………… 198

嘲讽类

匿肉于怀

一个厨师在餐馆打工,经常把肉藏在怀中偷偷带回家。有一次在家里切肉,却不由自主地把肉往怀里藏。妻子见了很生气,他忙解释道:"忘了。"

拾白菜

有一个非常吝啬的富人,连一分钱的菜都没买过。一天,有个卖菜的从他家门前路过,掉了一棵白菜。富人看见了,赶紧跑过去拾回家,心想:真是好运气,有这棵白菜不就省几个馍吗?没想到,全家人平时没吃过菜,这天一吃菜不仅没省馍,反倒多吃了几个馍。富人直后悔不该拾回那棵白菜。

又一天,卖菜的又在他家门口掉了一棵白菜,富人忙拾起来给卖菜的送去,说:"你还想坑我吗?上一回就因为它多吃了几个馍,这一回我再不上当啦!"

别用手打

一个人有急事走得慌张,迎面撞到了县官儿,县官儿抬手就打。这人求告说:"我情愿让你用脚踢,千万别用手打。"县官儿感到可笑,就问:"为什么不让用手打?"这人说:"听人家说,什么事一经你的手,就得花银子呀!"

皇帝衣帽

有个乞丐从北京回来,向人夸口说曾看见过皇帝,有人问他:

"皇帝是怎样打扮的?"

乞丐说:

"皇帝头戴白玉雕成的帽子,身穿黄金打成的龙袍。"

那人又问道:"金子打的龙袍,穿了怎么作揖?"

叫花子啐了他一口,说道:

"你真是不知世事,已经做了皇帝,还向哪个作揖?"

白字先生

有位先生常读白字,东家跟他讲明:每年给谷子三石,伙食费四千。如教一个白字,罚谷一石;如教一句白字,罚钱二千。先生来了后,和东家上街闲走,见一块石头上刻着"泰山石敢当",先生误认作"泰山石取当"。东家说道:"白字一个,罚谷一石。"

回到书房,教学生读《论语》,"曾子曰"读作"曹子曰","卿大夫"念作"绑大夫"。东家说道:"又是两个白字,三石谷子全罚光,只剩伙食费四千钱。"

另一天,又将"季康子"读作"李麻子","王日叟"念作"王四嫂"。东家说道:"这是白字两句,全年伙食费四千,全部扣掉。"

先生作诗来感叹此事道:

"三石租谷苦教徒,

先被泰山石取乎。

一石输在'曹子曰',

一石送与'绑大夫'。"

接着又叹道:

"四千伙食不为少,

可惜四季全扣了;

二千赠与'李麻子',

二千送与'王四嫂'。"

一扫空

有一个官,贪污很厉害,等到他离任的时候,见没什么可搜刮了,便在一把折扇上把那儿的农田山水全部画了进去。百姓送了一块德政匾为他送行,上面写道:"来时萧索去时丰,官币民财一扫空。只有江山移不去,临行写入图画中。"

假作慈悲

从前有个人念佛时,不小心把念珠掉在肉酱里,被猫衔走了。一群老鼠看见了,齐声说道:

"猫爷猫爷,如今慈悲了,想必不来害我们了。"

眨眼的工夫,猫放下念珠,捕了一只大老鼠,撕扯住吃了个痛快。一群老鼠叹息道:

"这种慈悲人,若跟他交往,皮毛骨头都会被他吃尽的!"

死后不赊

有个乡下人,由于极其吝啬发了财。临终的时候,奄奄一息,拖延时光,不肯断气,苦苦地哀告妻子道:"我一生苦心经营,贪得无厌,六亲不认,才得今日富足。我死后,把皮剥了,卖给皮匠;割了肉,卖给肉店;刮了骨头,卖给漆店。"

他翻着眼珠子,必定要妻子答应后,才肯断气。已经死了半天啦,又苏醒过来,叮嘱妻子道:"如今人情浅薄,千万不可赊给他人!"

藏贼衣

有一个贼窜入一户人家偷窃,但是,那户人家相当贫穷,屋内空空的,只有床上放着一坛米。贼想:把这米拿了去煮饭也不错。因不便携带,就将自己的上衣脱下来,铺在地上,准备抱米坛倒米。这时,床上的夫妻俩,丈夫先醒,借着月光看见贼转身取米,丈夫在床上悄悄伸手,把贼的上衣抽去,藏在被子里。贼回身寻不见衣服。妻子后醒,慌忙问丈夫道:

"房中窸窸窣窣的,恐怕有贼吧?"

丈夫说道：

"我醒来多时了，并没有发现有贼啊！"

这贼听见有人说话，慌忙高喊道：

"我的上衣刚放在地上，就被贼偷去了，怎么还说没有贼呢？"

有天没日

炎热的夏天，有几位做官的聚在一起商议公事。偶然间闲聊起，五黄六月的时节，天气热死人，想找个乘凉消暑的地方。

有个官员说，某个花园的水阁上很凉快。

又一位官员说，某个寺院的大殿上很凉快。

旁边的几个百姓异口同声地说，各位老爷要找凉快的地方，哪里也比不上某某衙门的大堂上凉快。

各位官员吃惊地问道：

"你们是怎么知道的？"

那几个百姓答道：

"那是有天没日头的地方，怎么能不凉快呢？"

取 金

有个县官，用红笔批了张条子，打发差人到金铺去取两锭金子。金铺的伙计亲自送来了，当堂要领赏钱。县官问道：

"多少钱？"

金铺的伙计答道："别人用，得若干钱，因是老爷要用，只给半价就行了。"

县官看了看差人，说道："既然是这样，退给他一锭金子！"

说着，差人把一锭金子交给伙计。伙计仍然等着领钱，县官见他不走，就问道："钱已经给过你了，你还等什么？"

伙计发愣地说道:"没有给呀!"

县官大怒道:"你这刁滑的奴才!你说只要半价,所以退一锭金子给你,抵了一半的价钱;老爷我也没有亏了你,为什么还在这里胡搅蛮缠?快给我撵出去!"

万　字

河南汝州有个农家老头,家里很富足,然而世世代代不认识字。

有一年,他聘请了一位楚地的先生,教导他的儿子。先生教他握笔描红,写一画,教他说"一"字,写二画,教他说"二"字,写三画,教他说"三"字。那孩子就高高兴兴地把笔往桌上一摔,回家去告诉他的爸爸说:

"儿懂得了,儿懂得了,可不要麻烦先生了,又花费很多的钱,还得管他吃和住,请您把他打发走吧!"

他爸爸高兴地依了他,于是取了钱,打发走了楚地的先生。

过了一段时间,他爸爸打算请亲戚中姓"万"的来喝酒。早晨起来,让儿子去写请帖。时间已过晌午,还没有写成。爸爸去催促他。他儿子怨恨地说道:

"天下的姓,多得很,为什么偏要姓'万'?从早晨起到现在,才写完五百画呀!"

当初,先生刚一教导,就自满自夸地说懂得了,失败的人大都像这个样子。

阿凡提的故事

戏弄县官

阿凡提的一个同乡在另外一个城市当了县官。有一次,阿凡提到了这个城市,县官一听说,就把他请到家里,做了饭端到他的面前。可是并不请他吃，一个劲儿问起家常来了：

"我的孩子怎么样啦？"

"比你希望的还要好。"

"他的母亲还健康吗？"

"很好，身体很健壮。"

"我的小花狗还在吗？"

"无论谁，它也不让进你的房子。"

"我的枣红马怎么样呢？"

"没有人不爱那匹种马的。"

县官的话把阿凡提弄得很不耐烦，也不让他吃饭，还命令听差把饭端走。阿凡提挡住盘子不让拿，县官还继续地问：

"我的小花狗没有病吗？"

"可惜在我出门的时候已经死了。"

"为什么？怎么死的？"

"给你的枣红马剥皮的时候，在它的咽喉上踢了一下就死了。"

"咳！我的马也死了，是怎么死的？"

"是把你妻子驮到坟墓去的时候压死的。"

"我的老婆也死了，哎呀！她是怎么死的？"

"因为你儿子死时她伤心过度。"

"哎呀！老天呀！我的眼珠、心肝也死了，他是怎么死的？"

"你房子的墙倒了给砸死的。"

"我的房子也坏了，哎呀，天呀！"县官喊着就倒在地上大哭起来。

阿凡提趁这个时机把饭吃了。然后，他站起来对县官说："再见吧！在你有喜事的时候不叫我吃饭，在你有丧事的时候我才能饱餐一顿。"说着就扬长而去。

胡大的嘱咐

阿凡提很穷,常常要挨饿。有一天,他走到巴扎上,边走边嚷道:"我是胡大的使者,我是胡大的使者。"

他的喊声给在巴扎上巡查的衙役听见了。衙役们连忙报告县官,县官马上叫人把阿凡提请到衙门里来,问他道:"你是胡大的使者,胡大有什么嘱咐要你告诉我吗?"

"胡大嘱咐我不少好事哩!"阿凡提说,"先拿点吃的东西来,肚子饱了好谈。"

县官听见有好事告诉他,连忙叫手下人端来了很多食物。阿凡提慢慢地吃,吃饱了以后,才说道:"胡大嘱咐我说:'阿凡提,县官老爷搜刮老百姓的东西可真不少,弄得你们什么也没有了。你就上他那儿吃饭去吧!'"

奇怪的商队

一天,阿凡提有事进城,刚进城门口,就看见县官、喀孜、巴依、乡约四个人坐在礼拜寺门外闲谈。

"进城来啦,阿凡提!"四人中间有一个认识阿凡提,就和他打招呼。

"是呀,我进城来啦!"阿凡提随口回答。

"来,来,阿凡提!"这个人又叫道,"给我们说一件有趣的事,解解闷好吗?"

"对不住,我没工夫。"阿凡提认识这四个人是谁,可装作不知道似的说,"刚才我在城外,遇见一个商队,赶着四峰骆驼,驮的满是货物,说是要卖给县官、巴依、喀孜和乡约的。我这是去找他们呢!"

这四个人听了,连忙问道:"阿凡提,你知道他们带来的是些什么货物吗?"

"我问过了。"阿凡提说,"第一峰骆驼驮的货是奸诈,说是给乡约的;第二峰骆驼驮的货是吝啬,说是给巴依的;第三峰骆驼驮的货是贪污,说是替喀孜预备的;第四峰骆驼驮的货是残暴,说是给县官最合适了。"

四个人听了不明白,又问道:"你说了半天,这是个什么商队呀?那四峰骆驼又在哪儿呀?"

"这是个奇怪的商队,这四峰骆驼不就在我面前吗?"阿凡提说完,丢下他们,朝城中心走去了。

它骂你也是一只狼

有一个伯克,从狼口里救下了一只绵羊。绵羊乖乖地跟他回家来。可是才到家里,伯克就动手宰羊。绵羊拼命地叫,惊动了隔壁的阿凡提。

阿凡提走过来看。伯克对他说:"这头绵羊是我救出来的。"

"怎么它还骂你呢?"阿凡提说。

"它骂我什么?"

"它骂你也是一只狼。"

鸟　语

阿凡提夸耀自己说:"我懂得鸟语。"

这话让皇帝听到了。皇帝就带着阿凡提去打猎。走着走着,碰到了一座塌毁了的破土墙。皇帝在土墙下听到一只猫头鹰在"咕咕"地叫,就问阿凡提:"你听它在说什么呢?"

"它这样说呢,"阿凡提回答,"如果皇帝还是这样往下压榨,不久他的国家也就要跟我的老窝一样了。"

死神也怕

阿凡提患病卧床不起。一位朋友来探望他。阿凡提请求这位朋友把县官的名字写得大大的,挂在大门上端。朋友奇怪地问他:"阿凡提,这样管什么用?"

"俗话说'只要想辙,竹篮子也能盛水',咱们县官那凶恶的样子,死神也畏惧他三分。如果死神真的降临,看见他的名字也许会退回去了。"阿凡提回答说。

死了也不会往下走

某乡约失足落水淹死了。人们跟到下游打捞他的尸首,忙乱了很长时间,也没有找到。阿凡提对人们说:

"你们还是到上游去捞吧!咱们的乡约生前拼命向上爬,死了也不会往下走的。"

国王的生肖

国王要阿凡提给他算一算自己的生肖。阿凡提算了一算,说道:"陛下,您属狗。"

国王很不开心,说道:"我是个国王,最差也得属狼。你怎么说我属狗!"

"假如陛下要我奉承您,"阿凡提说,"那我说您属大象也可以。"

两头驴的东西

一天,国王和大臣带着阿凡提出外打猎。天气像火烧一般炎热,热得国王和大臣汗透衣衫,他们就把湿透的衣衫脱下来搭在阿凡提的肩上。

阿凡提本来也很热,身上再压上国王和大臣的衣衫,就更是汗流如雨了。国王见阿凡提热得满身大汗,便故意戏弄阿凡提:"阿凡提,你真不简单,能驮一头驴驮的东西。"

阿凡提听了很生气,但他却平静地说:"不,我肩上担的是两头驴的东西。"

国王有四条腿

阿凡提害眼病,看不清东西。国王偏要叫他来看这个、看那个,还取笑他道:"你不论看什么,都把一件东西看成了两件,是吗?你本来穷得只有一头毛驴,现在可有两头了,阔起来了。哈哈!"

"真是这样,陛下!"阿凡提说,"比如我现在看您就有四条腿,和我的毛驴一模一样呢。"

毛驴总督

国王想侮辱阿凡提。有一次,他把阿凡提召进宫来,当着所有大臣,郑重地宣布:"今天我宣布:我任命阿凡提为京城里的毛驴总督!"

大臣们听了哈哈大笑。阿凡提却马上从座位上站起来,恭恭敬敬地向国王行了礼,然后大摇大摆地走过去,坐在国王宝座的最高一层上。

"阿凡提,好大胆!"国王喝道,"你怎么敢坐得比我还高?还不快下来!"

阿凡提举起手,十分严肃地对着国王和大臣们说道:"安静,安静点!愚蠢的毛驴们!哪一头也不准乱叫,听你们的总督——阿凡提的指挥!"

金钱和正义

一天,国王问阿凡提:"阿凡提,要是你面前一边是金钱,一边是正义,你选择哪一样呢?"

"我愿意选择金钱。"阿凡提回答。

"你怎么了,阿凡提?"国王说,"要是我呀,一定要正义,决不要金钱。金钱有什么稀奇?正义可是不容易找到的啊!"

"谁缺什么就想要什么,我的陛下。"阿凡提说,"您想要的东西正是您最缺少的呀!"

察 狱

一天,国王带着阿凡提,上牢狱里察看犯人。

"你们都犯了什么罪呀?"国王问道。

"我们什么罪也没有!"被囚在牢狱中的人异口同声地说。

国王问来问去,只有一个人真的犯了罪。

"陛下!"阿凡提走上前来说道,"请您立刻下命令,把这个人撵出去吧!他怎么混到您的牢狱里来了。您的牢狱要囚禁的是另外的那些人呀!"

王　袍

国王举行盛大的宴会,来参加宴会的,都是有钱有势的人。在宴会上,国王赐给每个客人一套华丽贵重的衣服。同时,国王也叫来了阿凡提,当着众人,赐给他一块披在毛驴身上的麻布。

阿凡提恭恭敬敬地从国王手里接过麻布,再三向国王道了谢,然后高声向客人们说:"贵客们!国王赐给你们的衣裳,虽然都是绫罗绸缎,可都是从巴扎上买来的。他是多么尊重我呀!你们瞧,他竟然把自己的王袍赏赐给我了!"

避雨奇遇

国王约阿凡提同去打猎。国王和卫士们骑着骏马,却给阿凡提一匹懒洋洋的马骑。他们走着走着,来到戈壁滩上。这时正是中午,忽然刮起一阵大风,霎时浓云密布,电光闪闪,雷声隆隆,倾盆大雨下起来。国王和卫士们赶着马没命地向京城跑去。路上雨越下越大,国王和卫士们的衣裳都淋得湿漉漉的。阿凡提骑的那匹懒马,一听见雷声轰隆隆地响,就趔趔趄趄地不往前走。阿凡提看此情形,就一下子跳下马,把身上衣服脱光,小心翼翼地折起来,掖在马鞍子底下。不一会儿,雷停雨住,云消日出,阿凡提不慌不忙地穿上衣裳,骑在马上,慢吞吞地往京城走去。到了王宫,国王一看,非常诧异,问道:"阿凡提,你的衣裳为什么干爽爽的,一滴雨珠也没落上呀?莫非你有什么防雨妙法吗?"

阿凡提笑了笑说:"不,陛下,你们躲雨逃走之后,雨也就跟在你们屁股后面赶过去了。我骑的那匹懒马,把我带到一座景色异常动人的大花园里。那花园呀,真称得上是世间最美丽的花园——百花怒放,万紫千红,绿树成荫,香气馥郁;鲜果累累,黄莺在翠绿的枝头啼唱;渠水泱泱,小鱼在澄清的水波中嬉游。我呀,就在那儿享了一阵福回来了。"

国王听得目瞪口呆,十分惊奇,很想到那花园里游赏游赏。

第二天,国王又邀阿凡提同去打猎。这回他让阿凡提骑上自己的骏马,自己却骑上阿凡提骑过的懒马。走着走着,到了戈壁滩上,正要动手打猎时,忽然又是狂风大作,乌云翻滚,眼看大雨就要下来。阿凡提扬鞭在马屁股上抽了两鞭,马飞跑起来,转眼工夫就到了京城里面,身上未落一滴雨。国王骑的那匹懒马听到轰隆隆的雷声,又是踟蹰不前。国王用脚踢,用鞭子打,它还是一动不动。雨哗哗、哗哗,一个劲儿地下。国王气得龇牙咧嘴,毫无办法,只好站在大雨里挨淋。等到雷停雨息,懒马才驮着国王,颠颠拐拐地回到京城里。

国王一见阿凡提,便怒气冲冲地说:"咳!阿凡提,你是何等人,竟敢对国王胡说八道?"

"不,陛下,"阿凡提笑眯眯地说,"要是你跟我一样,把衣裳脱下来掖在马鞍子下面,你的衣裳是决不会落上一滴雨的。"

种金子

阿凡提借来几两金子,骑着毛驴到野外,就坐在黄沙滩上细细地筛起金子来。不一会儿,国王打猎从这儿经过,看见他的举动很奇怪,便问道:"喂,阿凡提,你这是干什么呢?"

"陛下,是您呀!我正忙着哩,这不是在种金子嘛!"

国王听了更加诧异,又问道:"快告诉我,聪明的阿凡提,这金子种了会怎样呢?"

"您怎么不明白呢?"阿凡提说,"现在把金子种下去,到居曼日就可以来收割,把头十两金子收回家去。"

国王一听,眼睛都红了,心想:这么便宜的肥羊尾巴能不吃吗?他连忙赔着笑脸跟阿凡提商量起来:"我的好阿凡提!你种这么点金子,能发多大的财呢?要种就多种点,种子不够,到我宫里来拿好了!要多少有多少,那就算是咱们俩合伙儿种的。长出金子来,十成给我八成就行了!"

"那太好啦,陛下!"

第二天,阿凡提就到宫里拿了两斤金子。一个礼拜后,他给国王送去了十来斤金子。国王打开口袋,一看金光闪闪的,乐得简直合不上嘴。他立刻吩咐手下,把库里存着的好几箱金子都交给阿凡提去种。

阿凡提把金子领回家,都分给了穷苦人。

又过了一个礼拜,阿凡提空着一双手,愁眉苦脸地去见国王。国王见阿凡提来了,笑得眼睛眯成一条缝,问道:"你来啦!驮金子的牲口,拉金子的大车,也都来了吧?"

"真倒霉呀!"阿凡提忽然哭了起来,说道,"您不见这几天一滴雨也没下吗?咱们的金子全干死啦!别说收成,连种子也赔了。"

国王顿时大怒,从宝座上直扑下来,高声吼道:"胡说八道!我不信你的鬼话!你想骗谁?金子哪会干死?"

"咦,这就奇怪了!"阿凡提说,"您要是不相信金子会干死,怎么又相信金子种上了能长呢?"国王听了,活像嘴里塞了一团泥巴,再也说不出话来。

真的没有了

国王和大臣打猎回来,热得浑身流汗,口干舌燥。两人骑着马赶到了阿凡提家门口。大臣也不下马,就喊道:"喂,老百姓!快把酸奶端出来,掺上冰凉冰凉的水!我们渴坏啦。"

阿凡提不慌不忙地空着手走出来,慢慢地行了礼,才开口说:"上午我干了半天活儿,也渴坏啦。家里的酸奶,我已经统统喝光了,现在一滴也没有了。"

国王和大臣十分扫兴,只好走了。当他们已经走得很远很远的时候,阿凡提忽然提着一个盛酸奶的罐子,站到屋顶上高声叫道:"回来!请——你——们——回——来!"

国王和大臣一眼看见那只罐子,高兴极了,立刻掉转马头,飞奔回来。等两人又到了门口,阿凡提站在屋顶上,把罐子倒过来,对他们说:"实在对不起,请您看看这罐子,酸奶真的没有了!"

庄稼汉的力量

国王想知道老百姓当中,有没有比自己还有力量的人,于是叫来阿凡提问道:"纳斯尔丁!你骑着毛驴,走遍了城市和乡村,你看见过老百姓中间,有比我还有力量的人吗?"

"当然有,多的是呢,陛下!"阿凡提说。

"他们是谁呀?"国王感觉十分奇怪。

"就是那些种地的庄稼汉呀!"阿凡提回答。

"胡说!我当是谁呢!庄稼汉有什么了不起的,他们怎么会比我还有力量。"

"他们比您强得多!"阿凡提说,"要不是他们给您粮食吃,您还会有什么力量呢?"

到驴圈去

有一个不通文理的国王,却偏偏喜欢写诗,经常胡诌些半通不通的歪诗,向别人显示他的"才华"。一天,国王写了一首诗,拿给阿凡提看,问：

"怎么样？"

阿凡提把诗扫了一眼,嗤了嗤鼻子,说："陛下,即使您不写诗,别人也不会因此小看您。还是请您只管当您的国王吧！"

国王一听,勃然大怒,对卫士下令道："把他给我关到驴圈里去！这样的家伙只配跟驴作伴。"

阿凡提在驴圈里被关了整整一个星期。这中间,国王又写了几首诗,其中有一首国王还自认为是最得意之佳作。于是他又把阿凡提传到殿前,问道：

"嗯,现在再读读这首诗！"

阿凡提读了诗,转身就走。

"到哪儿去？"国王怒喝道。

阿凡提将右手放在胸前,向国王深深施了一礼,说：

"到驴圈去,陛下。"

扇驴脸

阿凡提牵着一头毛驴,路过一村庄。一个村夫对阿凡提说："尊贵的客人,在这里歇歇脚吃点饭再走吧！"

阿凡提前后看了看,就自己一人,便回答说："谢谢,不用了。"

村夫恶作剧地说："你以为我会让你吃饭,我让的是你的驴。"

阿凡提很生气,转过脸给毛驴一巴掌,说："来村口,我就问你,这庄上有没有亲戚？"你说没有亲戚,没有亲戚咋会有人让你吃饭？接着又是几个耳光,说："看你这畜生以后还敢不敢糊弄人。"

寻找智慧

国王听说自己的百姓当中有位名叫阿凡提的人富于智慧,学问渊博。有一天,便带了左右丞相,去访问阿凡提。

"阿凡提,你脑子里的智慧,是怎么学来的呀?"国王问。

"是我不辞劳苦地寻找来的。"阿凡提说。

"智慧还能寻找得到吗?"

"是的,我的陛下!"

"告诉我,你打哪儿寻找来的?"

"咳,容易极啦。陛下去扛一把砍土镘来,跟我走就行啦。"

这下可把国王高兴死了,他暗暗想:"自从我当了国王,百姓们都说我昏庸无能,是个糊涂国王。说真的,我的智慧确实少得可怜。这回,我要是找到智慧,一定把脑袋装得满满的,还要带两箱子回去,藏在宫里,等我的儿子长大了使用。"想到这里,国王便立即命令丞相帮他拿一把砍土镘来,随着阿凡提出发,寻找智慧去了。

阿凡提领着国王,走着,走着,走到了一块荒滩上。阿凡提脱掉袷袢,瞅着国王说:"尊敬的国王,请脱下王袍,抡起砍土镘来吧!"

国王只好脱掉王袍,拿起砍土镘挖起来。可是一挖不见智慧,二挖不见智慧,三挖还不见智慧。国王手上已经磨起血泡,直把他激怒得胡子如同乱草,眼睛瞪得有茶杯大,连声说:"怎么还不见智慧呀?阿凡提!"

"别着急,我的国王。您就挖吧,挖吧!今天开出这块荒地,明春种上智慧,夏天就有收获了。"阿凡提漫不经心地说着,便又抡起砍土镘来。

"你说的智慧莫非是粮食吗?"国王又问。

"不假,不假。"阿凡提回答说,"倘若陛下宫里没有老百姓用血汗换来的粮食,陛下今天怎么会患有缺乏智慧的毛病,又怎么会跟着我来寻找智慧呢?"

"好极了"

有一年冬天,阿凡提修了间暖房,种上了其里盖。其里盖熟了,阿凡提挑了几个好的,拿去卖给国王,想多卖几个钱。哪知道国王收下了其里盖,一个钱也没给,只是夸奖他是个好百姓,还连说了三声"好极啦"!

阿凡提出了王宫,肚子饿得咕咕直叫,可是身上半文钱也没有。他想了一想,便走进一家饭馆,要了二十个羊肉包子吃了。

"好极啦,好极啦,好极啦!"阿凡提吃完包子,大声喊了三声"好极啦",站起身就往外走。

"钱呢?"饭馆老板喊道,"你还没付钱呐!"

"怎么?刚才不是给你了吗!"阿凡提装作十分惊奇。

老板不由分说,一把拉住阿凡提去见国王。国王听说阿凡提吃饭不付钱,生起气来,骂道:

"你凭什么白吃人家的包子?"

"我没错,我的陛下!"阿凡提说道,"这个老板太贪心。我不过吃了他二十个包子,就把刚才您买其里盖付给我的三个'好极啦'全都给了他。他怎么还想要钱呢?"

国王听了,半句话也说不出来。

比国王早死两天

阿凡提有一次和国王宠爱的一位大臣开玩笑,说他明天就要死了。谁知第二天,那个大臣不小心从马上掉下来,真的死了。国王知道了这件事,气极了。马上派人把阿凡提抓来,怒气冲冲地喝问:

"阿凡提,你既然知道我心爱的大臣的死期,那你知道你自己的死期吗?要是说不上来,今天就是你升天的日子!"

阿凡提扫了一眼国王身旁提刀仗剑的刽子手们,不慌不忙地说:

"我怎么不知道呢,您死的前两天,就是我的死期。这是真主的旨意。"

国王怕杀了阿凡提自己的死期也会跟着到来,心想还是让阿凡提活得越长越好,就把他放了。

沙格德尔的故事

拿人们的血肉摆宴席

好久好久以前,昭乌达盟(今赤峰市)的官老爷们,每年要有一次集会。他们要在这时候来拷打罪犯,审判案件。

有集会必到、遇宴会必临的沙格德尔,比谁都先来到审判庭里。一次,各旗的官吏正在帐篷里拷打犯人、审判案件,沙格德尔见了,不禁大喊:

"冬春连接在一起,

自然不会有夏季;

金银连接在一起,

自然不会有真理。

诺颜和财主串通一气,

在拿人民的血肉摆宴席!"

从此"疯子"沙格德尔的名声,便传遍了整个昭乌达盟。贫苦的人们,对"疯子"沙格德尔这个名字有了深刻的印象,他们处处传诵着沙格德尔的故事。

六张绵羊皮

一年秋天,当巴林的扎噶尔王准备起程去京城朝觐的时候,沙格德尔赶到王府门前,给王爷念起顺风经来。王爷恰好从门里出来,沙格德尔便说:

"王爷大人请开恩,

慷慨布施结善缘,

我是一个游方僧,

没有住房没有穿,

眼看隆冬要到来,

讨件皮袄御严寒。"

王爷唯恐沙格德尔说些不吉利的话,对上路不利,便忍痛叫人从里面拿出六张绵羊皮来,送给沙格德尔。

沙格德尔背着羊皮离开了王爷府,路上遇见一个名叫都格玛的老太婆。这老太婆无儿无女,同老伴儿两人过着孤苦伶仃的贫困生活,沙格德尔便把六张羊皮送给了都格玛老太婆,说:

"这是念一遍顺风经的报酬,

拿去吧!对我说来,十分便当。

祝福王爷,赚来这六张羊皮;

咒骂王爷,还能赚羊皮六张。"

捐　官

一次,正当诺颜们聚集在巴林旗衙门里的时候,沙格德尔来了。诺颜们说:"喂,疯子,你来干什么?"

沙格德尔冲着诺颜们跪下,从怀里掏出一条粗制的哈达,在哈达上放了几个铜钱,叩头说:

"诺颜老爷请开恩,

听我真诚来求告:

'衙门里面有熟人,

不愁头上没翎毛;

厨房里面有熟人,

不愁肚子不常饱。'

如蒙诺颜不嫌弃,

也请赏我乌纱帽!

官职大小无所谓,

沙格德尔决不挑。"

诺颜们听了喝道:"住嘴!滚出去!"

沙格德尔向前逼近一步说：
"你们嫌份子太少？
这要请你们原谅。
'畜看膘情人看心',
自古来俗话这样讲。
我难道不想发财？
好多给贿赂捐个大官！
可我只当了个游方喇嘛,
这几个铜钱已经尽了我的力量。"

解缙幼年时期的故事

智 答

有一天,春雨绵绵。放学后,解缙冒雨回家,走到土地庙前,不慎滑倒。这时,有两个老乡绅正在庙门口下棋,看到解缙被摔得满身泥水,便幸灾乐祸,捧腹大笑。解缙从地上爬起来,见这两个鱼肉乡里、游手好闲的老头儿正在对着自己狂笑,非常气愤,便朗声念道："春风伴春雨,水流满街泥。摔倒大官人,笑煞两匹驴！"两个老头儿听后,羞得脸红脖子粗,便气急败坏地斥责说："老夫下棋,笑的是一个不敢过河的卒子；你乳臭未除,怎敢作诗骂人？"解缙笑着又念道："既然没笑我,怎知我骂你。作诗骂畜生,尔辈何心虚？"两个老头儿面面相觑,无言以对。

智 对

解缙家院门外,有富人家的一片竹林子。大年三十那天,解缙在院门上贴了一副红春联："门外千竿竹,屋内万卷书"。字迹工整,笔力遒劲,吸引了全村读书人。富人见到,憋了一肚子气,马上派人把竹子砍掉了,想当场给解缙来个难看。解缙当然明白富人的用心,立即拿来红纸笔砚,在春联下又添上了两个字,变成"门外千竿竹短,屋内万卷书长"。

富人见仍以他的竹林为题,更为恼火,干脆叫人把竹子连根刨掉了。心想:这回看你这个毛孩子还有啥咒可念!谁知解缙见了,又在春联下挥笔添了两个字,变成"门外千竿竹短命,屋内万卷书长存"。这一下富人可就傻了眼,再也想不出别的鬼点子,只好自认倒霉了。

智 斗

解缙能文善诗,聪慧无比,名声越传越远。这件事传到了曹尚书的耳朵里,他派人把解缙找来,想亲自考察个究竟。解缙走上大厅,面无惧色,黑眼珠儿滴溜溜乱转,一丝冷笑挂在嘴上。曹尚书见是一个七八岁的孩子,很不以为然。心中暗想:这么一个刚脱掉开裆裤、身上还穿着蛤蟆皮绿袄的娃娃,能有什么文才可言?乡下人如此少见多怪,真乃可悲可笑!他决定出个难题,杀杀眼前这个毛孩子的傲气。这时,恰巧有个犯法的和尚脖子上戴着木枷被押过堂前。他灵机一动,对解缙说:"听说你能即席赋诗,现在就以犯法和尚为题,作一首诗好了!"解缙点点头,稍一凝思,即开口吟道:"知法又犯法,出家又戴枷。一块无情板,枷着大西瓜。"

曹尚书一听,暗暗称奇,随即让解缙在自己下首陪坐,他想进一步试试解缙的文才,也想借此机会显示一下自己的博学。他望了一眼稚气瘦弱的解缙,笑着说:"我念出上句,你马上对出下句。答非所对,算输;间有停歇,算输。"他不等解缙答允,便抢先念道:"小犬无知嫌路窄。"解缙把胸脯一挺,答道:"大鹏展翅恨天低。"曹尚书一指堂前石狮子:"石狮子头顶焚香炉,几时得了?"解缙答:"泥判官手拿生死簿,何日勾销?"曹尚书抬手指天:"天作棋盘星作子,谁人能下?"解缙挥手指地:"地为琵琶路为弦,哪个可弹?"曹尚书见一时难不住解缙,顿觉脸上无光。他随即改变主意,想利用解缙的"短处"替自己解围。他得知解缙的父母是卖烧饼、推豆腐磨子的,便笑着问:"大官人,你父母做何生意?"如果解缙如实回答,必然会引起满堂官员的耻笑;如果不据实作答,更有妄言之嫌。在这样的难题面前,众人都认为解缙定输无疑了。谁知解缙毫不犹豫,从容答道:"父亲肩担日月街前卖,母亲在家推磨转乾坤。"曹尚书一计不成,又生一计。他冷眼打量着解缙身上的粗布绿袄,恶意戏弄道:"出水蛤蟆穿绿袄。"说完,仰天哈哈大笑,满堂官员无不面呈得意之色。解缙却镇定自若,毫不介怀。待笑声过后,解缙双眼斜视曹尚书的大红蟒袍,加重语气从容答道:"落汤螃蟹着红袍!"

曹尚书一听,羞得面红耳赤,满堂官员大惊失色。曹尚书在这么多人面前丢了面子,虽说恼怒,但也无可奈何,只得拂袖退堂。从此,解缙的名气就更大了。

"吹破天"的故事

"诗才"丢了耳朵

这天,"吹破天"来到县城,见城门口好多人围着看墙上一张告示。告示是新上任的县官出的,上面写着:本官酷爱诗才,凡应聘前来敝府作诗者,概敬如上宾,并有重赏。

原来,这新上任的县官是本地一个富人,有万贯家私,只是一点,斗大的字不识几个,他是出钱买了个县官。为了显示他的"文雅",上任第二天就出了这么一张告示。"吹破天"久在外边闯荡,见多识广,消息灵通,把这个县官的底细摸得一清二楚。于是,他决心糊弄一下这个"父母官"。

这一天,"吹破天"来到县衙。县官一看来者是个乡下佬,先有几分不悦,转念一想,穷秀才也是有的,就没有怠慢。献茶已毕,"吹破天"开口道:"老爷要我作诗,请问,以什么为题?"

县官抬头看到后花园他那只赏玩的小绵羊,就说:"以这只小绵羊为题吧。"

"吹破天"眼珠一转,出口成章:

"这个小羊白垠垠,吃青草来啃麦根,

大人看它不中用,不如送我这诗人。"

县官一听,拍手叫绝:"好!好!本官就送给你。"随后又指桌下一个西瓜说:"你再以这西瓜为题作一首吧。""吹破天"略一沉吟,开口便道:

"这个物件圆又圆,黑子红瓤在里边,

大人吃瓤别吃皮,把皮扔在门外边。"

县官本不懂诗,自然又是赞不绝口,并赏了"吹破天"五十两雪花银子。"吹破天"牵着小绵羊往外走,他的一只口袋里满满地装着银子,压得肩膀往一边歪。走到门口,打了个趔趄,不由地说:"大老爷,偏了!"县官一时高兴,说:"偏了,那边口袋再装五十两。"

"吹破天"发大财的消息像长了翅膀,立刻传遍乡里,他原先那个老东家听到这个消息,觉得奇怪,不知"吹破天"又找到了什么生财之道。他连夜屈尊降贵,到"吹破天"草舍登门求教。"吹破天"见地主发财心切,觉得好笑,便将他如何看到告示,如何作诗,毫不隐瞒一五一十地说了一遍。

地主把那几句顺口溜暗记在心,回家半夜没睡,背了个滚瓜烂熟。第二天,他也来到县衙对诗。坐定之后,恰好县官的千金小姐在绣楼上临窗卷帘。县官就让他以自己的女儿为题作诗。那地主想也不想,就摇头晃脑地背诵道:

"这个小羊白垠垠,吃青草来啃麦根,

老爷看它不中用,不如送我这诗人。"

话音刚落,只听县官一声怒喝:"混账!你辱骂本官该当何罪?来人!打他五十大板。"财主吓得面无人色,跪在地上连叫"老爷开恩"。五十大板打过后,县官让他立刻滚蛋,他趴在地上哼哼着说:"大老爷,我还有一首呢!"

县官就指着厅前一副羊肚子说:"你再以这羊肚子作吧,作好了将功补过,作不好,要你晓得本官的厉害。"

那财主不加思考,又把"吹破天"对西瓜作的顺口溜念了一遍,什么圆又圆啦,黑子红瓤啦,别吃皮啦,他可没想到,羊肚子和西瓜的吃法正好相反——吃皮扔瓤。一首诗没完,把县官气得暴跳如雷:"胆大刁民,无法无天,成心戏弄本官。来人,给我把他的耳朵割掉一只!"

地主被割掉耳朵之后,痛不可忍,抱头就往外跑。刚出门,猛想起"吹破天"一声"偏了"得银五十两,他灵机一动,脱口而出:"大老爷,偏了!"县官余怒未息,厉声喝道:"偏了,把他的另一只耳朵也割下来!"

可怜的老财主被割掉两只耳朵,血流满面,抱头落荒而逃。

火龙衣

地主回到家,大病一场,幸而没有死掉。他命人把"吹破天"抓来,剥光衣裳,只穿一件白布小褂,锁进磨房。地主的意思是要把"吹破天"冻死。因为当时正是数九严寒、滴水成冰的季节,人穿着皮袄还浑身直抖,你想这"吹破天"就是铁打的汉子又如何熬得过这漫漫寒夜?可也怪,当第二天地主命人去拖"吹破天"的尸体时,"吹破天"不但没冻死,反而浑身冒汗,连小褂也湿透了。地主一见,惊得目瞪口呆,以为是神明在保护着"吹破天"。你知道是怎么回事?原来,磨房里有一盘石磨,"吹破天"刚被关进去时,眼看要冻死,猛然看到那盘石磨,立刻有了主意。他推着石磨转起圈来,不一会儿就累得浑身冒汗。

"吹破天"见到地主在发愣,就毫不在乎地笑着说:"东家,你别奇怪,并没有什么神明保护我,我之所以没有死,只是因为我穿着这件宝贝褂儿。"

地主忙问:"你说什么?一件破褂子算什么宝贝。"

"我这褂子呀,""吹破天"又吹上了,"别看破,可是地道的宝贝,是祖上传下的家宝,叫火龙衣。穿上这件火龙衣,再冷的天,也会热得浑身冒汗。因为怕被别人抢走,所以,我家世世代代不敢把这宝贝张扬出去。

现在,你既然起了疑心,我也不得不说了,我让你见识了这件宝贝,求你把我放了,并请你别把这件事告诉外人。"

地主到此不能不信,同时又动了贪心:天哪!这可是无价之宝呀!他骨碌碌转着眼珠子说:"'吹破天',我用我的皮袄换你的小褂怎么样?"

"吹破天"一听连连摇头:"使不得!使不得!我这是传家宝,祖上有话:'世世代代,只要人不绝,这件传家宝不能落到外人之手。'难道我能做祖宗的不孝子孙吗?你要真换,除非把我杀了。"

地主厉声说:"我不杀你!今天是换也得换,不换也得换,事到如今,由不得你。"说完,强行用皮袄换了"吹破天"的小褂。"吹破天"目的达到,随即溜之大吉。

地主把夺得的小褂视为珍宝,平时舍不得穿,锁进箱里。既怕被别人偷走,又怕给老鼠咬坏了,一天三次看不够。

一天,他有个亲戚要办喜事,请他喝喜酒,又正赶上大雪天,他这才把这件小褂穿上,准备在亲朋面前炫耀一番。走到半路,冻得浑身发抖,这才知道又上了一当!但为时已晚,他四周望望,旷野茫茫,一片风雪,无处避寒,只见路边有一棵大空心树桩。这树桩大概是被雷电击倒烧空了心,露着烧焦的黑茬,里面可容下一个人。这家伙此时小命难保,也顾不了许多,就钻了进去,把全身缩成一团,谁知越缩越冷,越冷越缩,片刻工夫,全身麻木,动弹不得,再没出来。

地主一家见他走亲戚两天未归,慌了神。到亲戚家一问,根本没见人影。沿途寻找,发现竟死在树洞里。全家人都大吃一惊——火龙衣这么厉害,把树洞都烧焦了。

秃财主的忌讳

过去,有个富人是个秃子,他最忌讳人们说"明""光""无毛"之类的话,如果谁说这些,就认为是骂他。他家有个长工,他对这个长工很刻薄,长工就想法戏弄他。

一天,长工很神秘地告诉他:"我听到骂你的坏话了!"

富人赶忙问:"谁骂的?"

"是老爷家的公鸡。"

"胡说八道,公鸡怎么会骂人?"

这个长工赶忙上前一步,说:"小人不敢瞎说,刚才我确实听到,它骂你——"

"说,它怎么骂?"

"它骂你:没——几——根!老爷,你说,这不明明是在骂你吗?"长工一边说,一边学鸡叫。

"哦!原来是这样……快!喊人逮公鸡,全都给我杀掉!"

事隔几天,长工又来告诉富人:"骂你的话我又听到了。"

"这一次是谁?"富人眨了眨眼问。

长工凑前一步说:"还是老爷家里的。你的一只看门狗,它不见生人还不骂,上次家里来客时它骂得可凶了,生怕客人不知道似的,'光——光光!'一直骂个不停,要不是有人吆喝,还不知骂到什么时候哩!还有你那几头老牛,越是人多,越是扯破喉咙大叫:'没——毛!'"

"别说了!"富人气得坐不住了,胡子也翘起来了,忙说,"赶快拿刀,都宰了!"

此后好多天,富人老是忧心忡忡。吃饭时,觉得有人在骂他;睡觉时,也觉得有人在骂他。早晨,他提尿壶去茅房倒尿,也听到"秃秃秃"的声音,他气得狠狠地把尿壶扔进了茅缸:"妈的,你也给我作对!"尿壶往下沉时,发出"不秃、不秃、不秃……"的响声,财主一面扭头往回走,一面气呼呼地说:"再说'不秃'也不行!"

雨怕抽税

南唐有一个演戏的叫申渐高。

南唐刚建国时，经费不足，向人民抽税抽得很重。正在这时，京城里老不下雨，闹起旱灾来，求雨也没有用。

有一天，皇帝在花园里喝酒，对他的臣子们说："离京城三五十里以外的地方都下雨了，独独京城里不下雨，这是为什么？"

一些臣子你看我，我看你，都回答不出。申渐高走上去对皇帝说："雨怕抽税，所以不敢到京城里来了。"

靠丈人的势力

有人靠他丈人的势力考中了，别人给他编了一个故事：

孔子的学生们去投考，等到揭晓，先报子张是第十九名，大家说："他相貌堂堂，果然不错。"又报子路是第十三名，大家说："这个人粗鲁，中在前面，是凭他有那么一股气魄。"又报颜渊是第十二名，大家说："他是孔子的得意门生，这个名次委屈他了。"又报公冶长是第五名，大家很奇怪，说："这个人平日并没有什么本领，怎么倒中在前面？"有一个人说："你们不知道，还不是靠他丈人的势力嘛！"

换 鱼

李章的邻人向来很贪吃。有一天，他和李章并肩坐在一处吃酒，看见送上一盘葱烤鲫鱼，便马上拣了一条大的放在自己的碟子里。

李章便问他说："苏州的'蘇'字，有人把其中的鱼字写在右边，也有写在左边的，到底是什么道理？"

这位邻人便说："古人写字，有时很随便，所以不妨移左移右。"

李章便把邻人的碟子移了过来，说："那么，我就要移动一下了。"

鸡有七德

画家倪云林的朋友家里，养了许多鸡，又大又肥，但是总舍不得请客。

有一天，倪云林对他的朋友说："听说鸡有七德，你知道不知道？"

朋友说："从来只说鸡有五德，哪里来的七德？"

倪云林说："假使你舍得，我也吃得，加上这两'德'，不就是七德了吗？"

两条梁

支元献造了一座大房子，把所有的钱都花尽了。等到房子造成，生活却遇上了困难，只好东借西挪地过日子。

他的朋友看了这座新房子，说："这房子造得的确好，只可惜还缺少两条梁。"

支元献问他还缺少两条什么梁，他说："一条是不思量（梁），一条是不酌量（梁）。"

靠谁养活

有个有钱人的儿子，已经三十岁了，还是什么事都不懂，依靠着父亲糊里糊涂地过日子。

一天，他父亲请了星相家来算命。他父亲五十岁了，星相家给算了一下，说可以活到八十岁。又给他算了一下，说可以活到六十二岁。

他很伤心地哭了起来，说："我父亲只能活到八十岁，那么，我六十岁以后的两年靠谁来养活呢？"

假　银

有个做官的人，贪污成性。刚上任时，到城隍庙烧香，看见神座两旁悬挂着银锭，对手下的人说道：

"快给我取下来，拿回去！"

手下的人说道：

"老爷,这是假银子!"

做官的说道:"我知道是假银子,但是我今天刚到任,要取个进财吉利。"

偷鞋刺史

郑仁凯这个人,贪得无厌,肮脏透顶。在他当密州刺史时,有个家奴告诉他鞋破了。他就立即把穿新鞋的小官吏叫了一个来,让那人上树摘果子,然后使眼色,叫家奴把那人的鞋偷走。等那小官吏从树上下来,鞋已不知去向,就问郑仁凯,他要无赖地说道:

"我这个刺史,又不是给你看守鞋子的!"

心田不正

从前,有个富人叫胡心田,心术不正,专门刻薄穷人。一天遇到文三,说:"文三,都说你会讲古,今天讲个听听。"

文三说:"好。从前有个姓十的和姓喻的结亲家。姓十的嫌自己的笔画太少,再说《百家姓》上也没有此姓。就对姓喻的说:'你的嘴巴吊在旁边,是多余的,把那个口字让给我姓古,在《百家姓》上也可归宗。'姓喻的想,把我旁边的口字送给他,我还是姓俞,就答应了。可是,这人还不知足,又说:'亲家,我这古字笔画还是太少,你把那个月字也给我,让我姓胡吧!'姓'俞'的一听,火了:'想把我的下面都扣空吗?你这人真是心田不正!'"胡心田自讨了一场没趣。

再打三斤

有个县官日常不理民事,整天都沉浸于酒中,每天都要吃好几斤酒,然后东颠西逛取乐!

有一天,有人来喊冤告状。他上了堂,把桌子"啪"的一拍,喊:"打!"

可他忘了要打多少板。衙役问:"打多少板?"

县官说:"再打三斤!"

自讨没趣

某甲想拜见新到任的县官套套近乎,但又不知县官喜好什么,就问手下的人:"你们谁知道这个县太爷有什么喜好?"有个讨好的人对他说:"听说县官老爷喜欢读《公羊传》。"某甲后来就去见县官,县官问道:"请问先生您喜欢读什么书?"某甲答道:"最喜欢《公羊传》。"县官想试探他一下,就问道:"那么请问是谁杀了陈佗?"

据《公羊传》记载,鲁哀公六年,是蔡国人杀了陈佗。某甲根本就没读过《公羊传》,他当然听不懂县官问话的意思,一时不知如何回答,还以为县官在问是不是他杀了陈佗呢,过了好大一会儿才说:"我真的没杀陈佗。"

县官已知某甲不学无术,就进而戏弄他说:"您既然没杀陈佗,那么请问是谁杀的?"某甲一听,吓坏了,跌跌撞撞地就跑了出去,连鞋子都跑掉了。人们见他光着脚在街上跑,就问他究竟出了什么事,他语无伦次地大声说:"是那县太爷,他劈头就问我杀人犯的事,我以后可不敢再来了。至于那个杀人犯,恐怕遇到大赦就会出来吧!"

有其父必有其子

齐国有一个富人,家里已积蓄了可观的钱财。他的两个儿子都很愚笨,他只管自己挣钱,对他们从不管教。一天,艾子对那个富人说:"您的两个儿子长得虽然很帅,但不通事务,今后怎么能承担起家业呢?"那个富人一听就火了:"我的儿子聪明伶俐,而且多才多艺,哪里能不通事务呢?"艾子说:"您不用考问他们别的,您只需问一下您的儿子所吃的粮食是从哪里来的。若他们说得上来,我刚才那番话就算胡说八道,向您赔礼就是了。"

那个富人就招呼他的儿子,问他们粮食是从哪里来的,他的儿子笑嘻嘻地说:"我们难道连这个都不知道吗?粮食每次不是用布袋装回来的吗?"那个富人的脸一下子沉了下来,悲哀地说:"儿子们也真是太蠢了,那粮食还不是从地里来的吗?"

艾子说:"有这么愚蠢的父亲才生出这么愚蠢的儿子啊!"

嘲吃黄瓜

这天,韩老大赶完集,买了碗豆腐吃。饭桌对面有个富人,一边吃着肉丝拌黄瓜,喝着酒,一边得意扬扬地自语道:"穷人穷,富人富,有钱的吃黄瓜,没钱的吃豆腐。"

韩老大一听,知道富人在取笑自己,也不急,也不气,对跑堂的说:"我要150盘肉丝拌黄瓜!"跑堂的说:"没有那么多黄瓜,再说您要这么多干啥用呢?"

韩老大说:"我在集上买了一头公猪。原主人说,这头大公猪专爱吃拌黄瓜。这就叫:穷人穷,富人富,大公猪专爱吃黄瓜。赶猪的只能吃豆腐。"

饭馆里吃饭的人都哄堂大笑起来。富人气红了脸,端起酒壶一口气喝个精光,灰溜溜地跑出饭馆去了。

最好吃和最不好吃的

潘曼打工快满一年了,这天地主突然说:"我问你,世上什么东西最好吃又最不好吃?答对了,多发你10文钱,否则就扣你一半工钱。"

潘曼知道地主在耍花招,便答应着走进厨房,端来一碗硬糠饼放在桌上。地主一看是给长工当饭吃的东西,不敢说不好吃,潘曼便说:"既然最好吃,那你就吃一口吧。"

地主嚼着又馊又酸的硬糠饼,不觉"哇"一口吐出来,潘曼侧身道:"老爷,这是世上最好吃又最不好吃的东西。你说对吗?"

地主无话可说,只好给他加了10文钱。

吃冤家

大年三十,地主想用加点菜的办法,以平长工因长年累月受虐待而产生的怒气。但又不想多花钱,他便去问长工们爱吃什么。

一个长工说:"素菜淡饭是亲家,鱼肉荤腥是冤家。"地主听了大喜。

开饭的时候,地主把鸡、鸭、鱼、肉摆了好几碗,素菜只烧了一大碗青菜。哪晓得,长工们大吃荤菜,不碰青菜。

地主急了,忙问:"你们不是说鱼肉荤腥是冤家吗?"

长工回答说:"是呀,不吃冤家,难道吃亲家不成!"

秀才改对联

从前,有个进士老爷,专横跋扈,不可一世。有一年春节,他为了炫耀,在自己的大门上贴了这么一副对联:

父进士,子进士,父子皆进士;

婆夫人,媳夫人,婆媳均夫人。

正巧,镇上有个穷秀才,路过进士的家门,看见了这副对联。他先是露出鄙视的神态,接着,又露出一丝得意的笑容。到晚上,他见四下无人,就悄悄地在对联上加改了一些笔画。第二天一大早,进士的门前围满了大堆看热闹的人,他们有说有笑,议论纷纷,大家都称赞:"改得好!改得好!"

门外的吵嚷声惊动了进士老爷,他连忙打开大门,一看,立即昏倒在门前的台阶上了。

原来,进士门前的对联,已被秀才改成了这样:

父进土,子进土,父子皆进土;
婆失夫,媳失夫,婆媳均失夫。

野鸭子极多

一天,佩库和国王一起打猎,射中两只鸭子,国王邀他晚上来吃鸭肉。晚餐时国王吩咐女仆,给佩库盛碗萝卜,不要放鸭肉。他端起萝卜,每吃一块都说"鸭肉真香"!

第二天一早,他告诉国王,鸭肉太好吃了,他知道有个地方鸭子极多,一箭能射中10只。国王兴冲冲跟着佩库前往,见到的却是一片萝卜地。

国王大惑不解,佩库说:"陛下,您昨晚赏我吃的鸭肉就是这个呀!"

四个铜钱

从前有盟兄弟三人,都是出奇的吝啬鬼。

有一天,他们正在大街上闲逛,碰巧地上不知谁丢了四个铜钱,被三个人同时看见。大哥不爱说话,只用手一指;二哥嘴快,连忙说:"钱!"老三手快,弯腰拾了起来。这四个铜钱,每人一个还剩下一个。这一个怎么分呢?大哥说:"我先看见的,应该给我!"二哥说:"我先说的,应该给我!"老三说:"我拾起来的,应该归我!"三个人你争我夺相持不下。最后大哥说:"咱们每人作一首诗,说说自己的身世,看看谁最穷,这个铜钱就给谁!"小哥俩说:"好!"于是大哥首先诵道:"身住房半间,一半露着天,盖着麻袋睡,枕着一块砖。"二哥接着说:"自幼没有屋,睡觉靠大路,铺着席头睡,盖着一身骨。"老三最后说道:"活了二十冬,过了十九春,渴了饮露水,饿了喝西风。"

三人作完了诗,你说你最穷,我说我最穷,争来争去还是没有结果。二哥说:"咱们到官府里去评评理吧!"于是三人向官府走去。

一进官府，大哥抢着击鼓，二哥争着鸣钟，老三大声喊冤。县官一听立刻升堂，问明三个人拾钱和作诗的经过以后，一拍惊堂木，说："把钱拿过来！"三人只好把这四个铜钱递到具官手里。县官见钱眼开，也作了一首诗。

"击鼓鸣钟又喊冤，你们三人闹翻天，我道出了什么事，原来为了四个钱。四个铜钱全归咱，每人重打四十板，哪个如果不服气，再打八十不算完。"

草地牧牛图

从前有个县官，外号叫"刮地皮"。他听说有个画家画得一手好画，便拿了一张白纸让画家给他画画。

画家本来不愿意给他画，后来被他催急了，就在那张白纸的一角上题了"草地牧牛图"五个字，把纸一卷，送给了县官。

县官很高兴，立即把纸打开。可是左看右看，除了"草地牧牛图"五个字外，什么都没有。

县官问："草地到底在哪里？"

画家说："牛把草早就吃光了！"

县官问："可是牛呢？"

画家说："牛走啦！草都吃光了，牛还留在这里干什么呀？"

县官看戏

从前有个县官，非常可恶，凡是前来打官司告状的，如果不给他钱，他就先把你打得死去活来。

当地有一个艺人，给他编了一出戏，戏名叫《没钱就要命》。开演那天，县官坐着八抬大轿去看戏。他一看演的是他，当时就火了，没等看完就回到县衙，命令衙役把演县官的演员传来审问。

那个演员听说是县官传他，就穿了龙袍，系上玉带，大摇大摆地跟着去了。县官一见演员带到,便把惊堂木一拍,喝道:"大胆!你见了本官为何不跪?"那个演员指指身上的龙袍、玉带说:"我是皇帝,为什么要跪呢?"县官说:"你在演戏,分明是假的!"演员说:"你既然知道是假的,为什么要把我传来审问?"

县官没话可说,只好睁眼看着演员大摇大摆地走出县衙。

一笔利息

有个富人丢了包银子。过了一个多月,拾到的人原封未动地给他送了来。那个富人把银子点了点,却皱起眉头。

拾银子的人担心地问道:"怎么,银子少了吗?"

富人哭丧着脸回答说:"银子虽是原封未动,可是一笔利息却白白地跑了!"

死不瞑目

有个贪得无厌的地主,临死之前,躺在炕上翻来滚去,断断续续地说着话,也听不清说些什么。

儿子贴近他的耳朵问:"爹,您有什么嘱咐吗?"

"没有,可是我闭不上眼睛呀!"

"怎么闭不上眼睛呢?"

"有一回上你干姥家去喝酒,最后那块肉没吃着呀?"

"爹,当时您怎么不快些用筷子捡起来呀?"

"筷子上有一块呢?"

"那怎么不快些往嘴里吃呀?"

"嘴里有一块呢!"

"那怎么不快些把它咽下去呀?"

"嗓子里头还有一块呢!"

富人赴宴

有个富人,非常贪吃,又非常粗心。

一天,有人送来一张请帖,请他去吃喜酒。他急忙从信封里抽出半截来看。见"初"字下面有一个横,以为是初一,因此,他在初一的前两天,就光喝些汤水,准备到时候饱吃一顿酒肉。

到了初一,不见有人来请,他心里着急,又把请帖抽出一点来看,看到初字下面有两个横道:"呵!原来是初二。"于是初一这天又饿了一天肚子。

到了初二,还是不见人来请,他心里更着急了。又把请帖抽出来看了看,竟是初三!这时候,财主已经饿得直打晃了!

一不动,二不吃

有个极吝啬的地主,请了个教书先生,教孩子念书。

教书先生好活动,吃得也多点。地主受不住了,就把教书先生辞退了。

他再找教书先生时,首先要求两个条件:一是要斯斯文文地不动,二是要吃得少。

这天,有个人按照地主的两个条件,给他找了个教书先生。地主很高兴,照例请介绍人吃酒席。

酒足了,饭饱了,地主问:"先生哪天能来?"

这个人回答:"马上就可以来!"说罢,到小庙里,把十八罗汉(泥胎)挟来一个,说:"这很合乎你的条件:一不动,二不吃,这可如意了吧!"

冬天没裤穿

一个大雪天,老和尚穿着皮袍,骑上白马,正要出门。寺里的烧火和尚因为没有裤子穿,冻得舌头都僵了,他见老和尚出门,便问道:"老师父,这样冷的天,你还到哪里去?"

老和尚说:"我要去讲经。"

烧火和尚说:"我也去,我也要听你讲经。"

老和尚说:"胡说,你能听懂什么经?"

烧火和尚指指自己腰下说:"我要听听你的佛经里,是怎样讲人在寒冬腊月该不该有裤子穿的!"

才 子

有那么两个人,一位姓王,一位姓李。他俩斗大的字认识不到一升,可自己还总觉得学问不错。有一天,这两个人一块儿到城外去游玩,出了城没有多远,回过头来一看,诗兴大发。

姓王的说:"咱们作首诗吧,我先说一句,你再接一句,好不好?"

姓李的说:"好哇,就这么办。"

姓王的看了看城墙,说头一句:"远看城墙似锯齿。"

姓李的说:"好,这句可太好了,绝句!我接这句是:近看城墙似齿锯。"

姓王的说:"好,我接:不看城墙不锯齿。"

姓李的说:"越看城墙越齿锯。"

这两个人作完了这首"诗",摇头晃脑地念了好几遍,越念越得意,两人都觉得自己是才子。姓王的问姓李的说:"您多大岁数?"

姓李的说:"我三十三岁。您呢?"

姓王的说:"我也三十三岁啦。我说老弟,颜回不就是三十三岁死的吗?唉!可见才子不长寿呵!咱俩这出口成章的才气,真是把天地的精华都夺啦,还能活得长吗?"

两人越说越难受,说着说着,坐在路旁哭起来啦!哭着哭着,从南边来了个淘粪的,走到他们跟前问:

"你们二位哭什么呀!"

这两个人把刚才做的想的说了一番,说着又哭开了。

这个淘粪的一听,也哭了起来。

这两人问:

"我们哭,因为我们是才子。你是个淘粪的,哭个什么呀?"

淘粪的擦了擦眼泪说:

"哎,我哭的是我自己呀,我带了这么个粪勺儿,可惜淘不出你们俩人这一肚子的粪来!"

"豆"有此理

有个学生,指着"豈"字请教别字先生:"这是什么字?"

"'豆'字。"

"我过去念的'豆'字,上边没有'山'字,这个豆字上面怎么有'山'字呢?"

别字先生不耐烦地回答:"真'豆'有此理!没有'山'字的豆是平原的豆;这个'豈'是山里的豆。"

喝名的人

从前有个举人老爷外出旅行,找了个农民给他当向导。走了一天路,两人都渴极了,遇见一股清泉,农民说:"先生,咱们喝吧!"

老爷见崖上刻有"盗泉"二字,摇头晃脑地说:"泉而名盗,岂能饮!"

两人忍着渴又上路了,沿途遇见"恶泉""贫泉""死泉"……主人都因名字不好听,一概不喝。当时,头顶太阳如火,地上沙石烫脚。两人渴得嗓子冒火,四肢瘫软,好几次都摔倒在路上。好容易又遇到一股泉水,农民又要喝,举人见石碑上有"穷泉"二字,说:"泉而名穷,岂能饮!"

"我是穷人,一个穷是穷,两个穷字叠起来,也是穷,怕什么。"农民说着,趴在泉边饮起来。泉水清凉,清热去暑。农民美美地喝了一顿,说:

"先生,喝吧。这泉水清澈而带酒香。再说,再向前走,要经沙漠,五十里内无人烟,这里不喝,是非渴死不可的。"

举人老爷摇摇头,还是不喝。

两人又上路了。不久,举人渴得晕倒了,农民只好背着他走,到一处绿洲地方,农民把举人放在青草地上,举人很快苏醒了,发现眼前一汪浑浊的水,忙问:"这儿是什么地方?"农民告诉他是金银洲,举人一听便高兴得翻身爬起来,猛喝起泥坑里的水来。农民看见满地是骆驼的脚印,原来举人喝的是驼蹄坑里的骆驼尿,连忙说:"先生,不能喝。"

举人老爷抬头说:"此地金银洲,此水必为金银泉了。泉名金银,岂能不饮?"他说着,又趴在地上猛喝起来,边喝还边说:"好水,好水。"结果,灌了一肚子骆驼尿。

真本事

从前有一个财主,想故意刁难长工。过年的时候他把一只空酒瓶交给长工说:

"打酒去。"

长工问:

"没有钱怎能买酒呢?"

财主说:

"花钱买酒谁不会,没钱买来酒才算真本事呢!"

过了一会儿,长工提着一只空酒瓶回来递给财主说:

"酒打来了,请喝吧!"

财主一看,仍是个空瓶子,没有一滴酒,便说:

"没有酒,叫我怎么喝?"

长工说:

"有酒谁不会喝,没酒喝酒才是真本事呢!"

艾玉的故事

撑 船

火把节到了,艾玉的东家想出去逛逛,命艾玉撑船。火辣辣的太阳挂在天上,撑船撑得汗水淌,艾玉越想越窝火,忽见远处有座龙王庙,想起东家最信菩萨,便手捂肚子直叫疼,把船撑在水面上直打转转。好不容易撑到岸边,艾玉就在船舱里打起滚来。

东家忙问艾玉:"咋啦?"艾玉说肚子疼,请东家去龙王庙求求佛,东家还要叫艾玉撑船,只得下船去龙王庙。

艾玉等东家去后,连忙一路小跑到庙里,躲在菩萨背后。过了一会儿,东家进庙来,又作揖又磕头。

艾玉捏着鼻子说话:"艾玉八字冲黑龙,不宜撑船只宜坐,草帽戴上艾玉头,免得翻船把命送。"

东家没办法,只好自己来撑船,被太阳晒得头发晕,累得直冒汗。

跟在后面

老财主教训艾玉说:"你们是奴仆,同我们主人外出,一定要跟在后面,不准走在前面,这是规矩。"有一天晚上,老财主叫艾玉打灯笼走夜路,艾玉就走在后头。老财主看不见灯光,跌了一跤,骂道:"蠢东西,为啥不走在前头?"艾玉道:"我是奴仆,你叫我跟在后面嘛。"

买一饶一

艾玉帮的这个老财主非常贪心,买东西总要多饶上一点,哪怕是买一个桃子,讲成了他硬要饶上一个小的或烂的。他常常嘱咐艾玉买一讨一。有一天,老财主的爹死了,叫艾玉去买棺材,艾玉买了口大棺材,又饶了一口小棺材回来。老财主见了惊问:"为啥再买口小棺材来?"艾玉道:"想必老爷忘记了,你家平常不是教训要买一饶一吗?这口小棺材是硬向人家饶来的,如果小少爷死了,岂不是省了一笔买小棺材的钱吗?"

打 磨

从前有个人,绰号叫谎张三,他学到了一手石匠好手艺,于是就开起了打磨的石匠铺。

一天,有个心怀恶意的财主,找上门来刁难谎张三。他指着一块石头对谎张三说:"能给我打一盘石磨吗?"

"能。"谎张三说。

"那好,请你给我打盘石磨。"财主奸笑着说。

谎张三听了问道:"你要打什么样的磨,总得说个明白呀!"

财主神气地说:"我叫你打的磨,不是圆形,不是方形,不是扁形,不是长形,也不是尖角形。你看,这样的磨什么时候能给我打好呢?"

"要打好你的这盘磨,不是今年,也不是明年;不是这个月,也不是下个月;不是今天,也不是明天;不是上午,也不是下午,到时候就给你打好了。"

财主听了谎张三的这番话,无言对答,只好灰溜溜地走了。

问 路

一个姑娘问老大爷:"喂,老头儿,去张村还有多远?"

姑娘连问三次,老大爷才开口说话:"三拐杖。"

姑娘奇怪了:"应该论里嘛,怎么论拐杖?"

老大爷说:"论'理'呀,论理你应该叫我老大爷!你不懂理,我才拿拐杖教训你啊!"

"孝顺"媳妇

有一个虐待老人出了名的媳妇,逢人就诉苦说:

"天啊,我真恨不得把心掏出来给大伙看看!有一回,我婆婆病得不能吃东西了,我就口对口喂她。可外人还说我待她不好!"

有人问她:

"你喂老太太吃什么了?"

"我嚼甘蔗给她吃啊!"

墙头草

后山村有个随风倒的人。人家说长,他就说长,人家说短,他就跟着说短。于是,大家给他取了个外号,叫"墙头草"。

一天傍晚,墙头草正坐在隔壁胡三叔那里谈天,突然三叔的儿子喊起来:"蛇,蛇!"

墙头草一听,连忙说:"是蛇,是蛇,我听到'索索'地在爬呢。"

三叔的儿子转眼一看,蛇没有动,又说:"原来这蛇是死的呢。"

墙头草忙接道:"怪不得我闻到一股死蛇味儿。"

话刚说完,三叔拿来一盏灯一照,原来是根草绳子。这时墙头草又一本正经地说:"我早就想说了,寒冬腊月哪里会有蛇呀!"

孔子之后有孔明

甲乙两人,胸无点墨,却常常不懂装懂,卖弄"文才"。一天,两人一同参加宴会,在议论"善有善报,恶有恶报"时,又高谈阔论起来。甲煞有介事地说:"孔子是大圣人,当然也是大善人。善有善报嘛,所以子孙中出了个多谋善断的孔明……"乙不甘落后,没等甲说完,摇头晃脑地抢着说:"依我看,恶有恶报最灵验的要算秦始皇了,不然,他的子孙秦桧怎么会遗臭万年呢!"

吉利话

从前有个地主,雇了两个长工。因为他非常爱听吉利话,便特意给两个长工重新取了两个好听的名字:一个叫"高升",一个叫"发财"。

正月初一早上,地主要迎财神,说吉利话。天还没大亮,他就怪声怪气地喊:"高升!高升!"

高升住在楼上,一听地主喊,便赶快答应:"下来了,下来了!"

地主一听,心里很不高兴,又不能说什么,只好再叫:"发财!发财!"发财住在马圈里,马圈没有窗子,睁眼一看,到处都是黑糊糊的,以为天还早,便高声答道:"还早,还早!"

地主气得连话都说不出来了。

改　姓

某县有个县令,他的妻子姓伍,还是个名门之女。

县令到任不久,就宴请县中僚属,并请他们的夫人一同赴宴。

宴会上,县令问司礼宾的夫人:"尊姓?"回答说:"姓陆。"又问主簿的夫人:"尊姓?"回答说:"姓戚。"在旁边作陪的县令夫人一听,勃然大怒,猛然站起,袖子一挥,返身转入后堂,弄得在座各位夫人莫名其妙,面面相觑,都觉得没趣,想退席回去。

县令一看这局面不好收拾,急忙进入后堂,问夫人何故发脾气。伍夫人余怒未息,说道:"司礼宾的夫人说自己姓陆(六),主簿夫人说自己姓戚(七),她们可能知道我姓伍,就这样故意想压过我,真是欺人太甚。其他官员的夫人你不必问了,她们一定会说自己姓'八'姓'九',岂有此理!"

县令一听也有道理,心想:自己身为一县之主,夫人的姓又怎可屈居人下,在姓氏上也该显示出威势。于是,他又把伍夫人拉到席上,复请众夫人入座。然后,他清了清嗓子,说道:"刚才各位夫人都道了尊姓,我也向各位介绍一下,"他用手指指伍夫人,"她姓'万'。"

死也瞑目

某地有一老翁,他在临终前把四个儿子叫到身边说:"我已经不行了,但有件事还放心不下,不知你们打算怎样办我的后事?"

老大说:"爸爸做人,省吃俭用了一世,现在留下富盈家产,又是儿孙满堂,一定要像像样样办丧事。"

老翁听了,气得话都说不出来。老二接着说:"爸爸爱惜钱财,我们当然也舍不得过分花费,还是普普通通办丧事吧!"

老翁听了也不满意,就问老三:"你的打算如何?"

老三说:"爸爸为人爱钱如命,一毛不拔,这次办丧事我们一定要办得合你的心意。我看不必买棺材,只要用草席裹裹就行,也不必唤人,由我们弟兄抬出去埋掉算了!"

老翁听了才感到放心。老四却抢着说:"三哥的主意还不合爸爸的为人哩!爸爸做人是到处都要捞一把,我看死了后,皮可以剥下来,肉可以腌起来,还可以卖几个铜钱呢!"

老翁听了连连说:"对,对,这样,我死也瞑目了!"

告 荒

县里遇到大旱,作物歉收。县官不顾百姓死活,日日派人下乡逼租。

一天,一个七十多岁的老农来到县衙,说是今年遭荒,要求减免一点租税。县官眼珠子一转,心想:这倒是个送上门来逼租的好机会。他就立即升堂,说要公开审讯抗租抗捐的刁民,并硬叫众百姓来观看,想来个杀一儆百。

审讯开始,县官把惊堂木重重一拍,向老农大声喝问:"你说今年遭荒,我问你,同去年相比,麦子的收成怎么样?"

"只有去年的三成。"老农回答。

"那么棉花呢?"

"只有二成。"

"稻子呢?"

"也是二成。"

"豆子呢?"

"也只有三成。"

县官听罢,眼睛瞪得滚圆,厉声喝道:"你好大胆!这几样东西加起来,明明有十成年景,是个大丰年,你还来欺骗老爷,谎报灾荒,分明是想抗租。来人呀,用刑!"

"今年确实遭荒,"老人不动声色大喊道,"我活了一百四十多岁,还没见过这样的大荒年呢!"

"什么?"县官几乎不相信自己的耳朵,"你胡说!你哪有这么大的年纪?再敢撒谎,加重用刑!"

老农扳着手指慢慢数道:"我今年七十多岁,大儿子四十多岁,第二个儿子三十多岁,合起来不是一百四十多岁了吗?这种算法,还是你县老爷刚刚教我的呢,我怎敢撒谎!"

愿变你父

有一个贪婪的富人,突然大发"善心"。他对一个背了一身债的长工许下诺言:"如果你对我发誓,说出你来生愿变个什么来偿还我,那我就马上把你的欠债一笔勾销。"长工想了一想,说道:"我愿来生变成你的父亲。"富人勃然大怒,说道:"啊!你欠我那么多银子,不但不想偿还,还想讨我便宜,岂有此理!"说着就要举鞭打人。长工沉着地回答:"听我老实告诉你嘛,我欠你的债实在太多了,不是变牛变马能还得尽的,所以我情愿来生变成你的父亲,做大官,发大财,搜尽天下的金银财宝,自己不用,全部留给你享受,这不就可以还清你的宿债吗?"富人听了,不禁哑口无言。

量心

有个木匠带了个徒弟。这个徒弟手艺大体学会后,就忘恩负义,丢下师傅独自干活去了。他一个人,拉不了大锯,只好去找师傅。他见师傅正和一个木头人拉锯,就回来偷偷地照样做了一个木头人。可是他做的木头人却不能动弹。没办法,又去向师傅请教。师傅问:"你量了头吗?"

"量了。"

"量了腰吗?"

"量了。"

"量了腿吗?"

"量了。"

"量了心吗?"

"呵……没有。"

"难怪呀,没有量(良)心怎么能学好呢?"

"鱼"民不如"瓜"重

从前,有兄弟两人为财产打官司,老大买了个大西瓜,掏空内瓤,装进五十两银子,暗中送给了县老爷。老二买了一条鲜鱼,掏去内脏,装进三十两银子,也暗中送给了县老爷。两人心里都以为有把握打赢官司,单等县老爷升堂。

一日,差人传令,两人来到大堂,各说各的理,经大老爷一番掂量,老大自然"有理"。老二急了,疑心老爷忘了自己送的"鱼",就提醒道:"老爷,我就是那个'鱼'(愚)民!"县老爷将惊堂木一拍,叱责道:"你这个'鱼'(愚)民,还不如你哥这个'瓜'重。"

《论语》治天下

从前,有个纨绔子弟,花钱买了个七品县令官职。上任后,他挟着一部《论语》,扬扬得意地对别人说:"古代贤人半部《论语》可治天下,如今我有一部《论语》,治理这小小县城,岂在话下!"

一日清晨,下人来报,抓到三名窃贼。县官马上击鼓升堂,命人将三个窃贼押上大堂审问。县官闻报甲犯偷了别人一只鸡,他马上翻了翻《论语》,然后一拍惊堂木,大声喝道:"黄昏时刻,开刀问斩!"站在一旁的师爷吓坏了,忙俯身向他耳语说道:"老爷,你判得过重了。"县官拍拍《论语》说:"不重不重,这书上说了'朝闻盗(道),夕死可矣',我是有根据的。"

将偷鸡犯打入死牢后,县官又审乙犯,乙犯是偷庙里的古钟而被和尚抓获的。县官翻了翻《论语》,一本正经地下令:"马上释放此人!"和尚和差人面面相觑,大惑不解。县官见状,笑着说:"你们难道不知道《论语》上说的'夫子之盗钟,恕而已矣'吗!可见,圣人对盗钟者是从来不究罪责的。"那师爷一听,真是丈二和尚——摸不着头脑,他悄悄凑到桌前一看,只见书上写的是"夫子之道,忠恕而已矣",不由得心中暗暗叫苦。

丙犯是个杀人放火的惯盗,好不容易才抓获的。县官见该犯案卷上写着"此凶犯之父原也是个大盗,三年前已被斩首",县官马上命人给该犯松绑,他起身来到该犯面前,毕恭毕敬地说:"《论语》云,'三年无改于父之道,可谓孝矣,只怪本官手下之人有眼无珠,错抓了你这位当今大孝子,多有得罪,万望见谅,万望见谅!"说罢又拱手拜了三拜。

众人见凶犯一摇三摆地扬长而去,个个张口结舌,哭笑不得。

咸　菜

有个苏州知县要离任了,把搜刮得来的金子,装在十二个坛子里,用泥封了坛口,贴上"苏州特产咸菜"的封条。深知他的行径的上司来为他送行,指着坛子问:"你怎么带这么多的咸菜?"他赶忙回答:"家父最爱吃苏州咸菜,所以我特意给带上十二坛。"

上司一听,说:"我在家乡的老婆,也最爱吃苏州咸菜,正苦于买不到,你既然能买到,把这些先送给我,你再另买十二坛带回去吧。"他一听,哭笑不得,目瞪口呆。

"三个不要"

从前有个县令,为人极其奸诈贪婪,又爱自作聪明。因在官场上混了好多年,昧心钱也捞得不少了,所以想在最后一任里能骗取个好名声,也好告老还乡,享几年清福。

一天,他差人在县衙门前竖了一块大木牌,亲自大书"三不要",以示自己清正廉洁:

不要钱

不要官

不要捧

第二天一早,他踱出门外,果见在"三不要"的大木牌前围着许多人,有的嘻嘻哈哈,有的还在指手画脚地议论着什么。他高兴极了,急忙跑过去,仔细一看,发觉在每一条"不要"后面都被人添上了三个字,竟把"三不要"改成了:

不要钱——嫌钱少,

不要官——嫌帽小,

不要捧——嫌招摇。

画 虎

从前,有个县官假装斯文,不懂作画,却充当起画师来。有一次,他画了一只老虎,挂在墙上,非常得意。这时,一个差役走过,县官问道:"你看我这画画的是什么?"善于奉承主子的差役看了虽然画得像猫,还是一个劲地连声赞道:"好画!好画!跟活虎一模一样。"县官一听,眉开眼笑,当即赏给他十两白银。

第二天,另一个差役经过这里,县官又问:"你看我这画画的是什么?"老实的差役说:"是猫,我的老爷。"县官一听,火冒三丈。差役一看,心里一惊,说:"老爷,我说的是老实话呀!"县官喝道:"岂有此理!竟敢把老爷我画的老虎说成是猫,该当何罪?来人,打他四十大板!"

第三天,县官又问第三个差役。这个差役顿了顿说:"老爷,我不敢说。"县官说:"你怕什么?"差役说:"我怕老爷。"县官说:"那老爷我怕什么?""老爷怕皇上。""皇上怕什么?""皇上怕老天。""天怕什么?""天怕云。""云怕什么?""云怕风。""风怕什么?""风怕墙。""墙怕什么?""墙怕老鼠。""老鼠怕什么?""老鼠什么都不怕,就怕老爷这幅画。"县官听了气得目瞪口呆。

清 高

从前有个地主,自命清高,替自己起了个名字叫高学。他还在家里收拾了一间精致的房间,布置得非常清雅,陈列了很多古玩书画,每当客人来访,他总是在这间房里接待,而且每次故意地问道:"这间房里如有不相称的俗物,务请指教,我好立刻清除。"可是从来也没有人说一声"有"。

有一次,高学的一位堂弟来了,高学又照例问他的堂弟:"这间房里如有不相称的俗物,望老弟多加指教。"不料他堂弟微微一笑说:"这里的东西样样皆雅,就只有一样俗物应该拿去!"高学听了大吃一惊,忙问:"是哪一样?"

他堂弟不慌不忙地说:"就是兄长大人!"

"胸有碗墨"

从前,有一个地主家的儿子,在私塾里念了十几年书,斗大的字还不认得两口袋。

一天,老地主正在和客人谈话,少爷拿着书本来了。

客人恭维说:"少爷是喝墨水的人,学问一定不浅。"

老地主摇摇头说:"读书十载,胸无点墨,不堪造就。"

少爷听了心想,原来自己所以不会念书,是因为没喝墨水呀！于是,他回屋磨了满满一大碗墨,捏着鼻子,"咕咚咕咚"地喝了下去。

他兴冲冲地跑到客堂里,对父亲说:"爹,可不要再对客人说我胸无点墨了,我刚刚喝了一大碗墨,应该说我'胸有碗墨'了。"

不要命

有个吝啬的富人,一天他请了个客人来家吃饭,上了四样菜:炒豆腐、拌豆腐、炸豆腐、烩豆腐,末了儿又来了个豆腐汤。客人问:"怎么都是豆腐啊?"富人说:"我这一辈子最喜欢吃豆腐,豆腐就是我的命!"

第二天客人回请他。客人为了尊重他的喜好,把所有的菜里都加上了豆腐:炖肉里有豆腐;清蒸鸡里有豆腐;连糖醋鱼里都搁了不少豆腐。俩人开始吃饭了,富人拿起筷子一个劲夹大块鱼、大块肉吃,而豆腐呢,他连碰也没碰。客人很奇怪,就问他:"你不是最爱吃豆腐吗?""是啊!""豆腐不是你的命吗?""是啊!""那你怎么一块豆腐也不吃呢?"

富人说:"豆腐是我的命,可是我要是见了鱼呀肉的,就连命也不要了。"

没良心

一个农人在一个地主家做长工,一年干到头,却得不到分文工钱。这个长工只得空着手往回走。走到半路上,灵机一动,又回地主家,在他家乱找乱翻。地主问他找什么,他说:"我一不小心丢了一件东西。"地主问:"丢了什么东西?"长工回答说:"我丢了一个良心在你家,你看见了没有?"地主生气地说:"没有,我家从来就没良心。"

一钱不救

有一个富人,非常吝啬。有一天他和儿子出门,在路上遇见一条小河新涨了水。他舍不得花钱乘渡船,就拼命蹚水。谁想蹚到河中间,大水竟把他冲到急流中去,漂流了半里多。

他儿子在河岸上连追带赶地想雇船来救他。船家要一钱银子,儿子只出五分,价钱讲了很久,还没有讲好。在河里一沉一浮地快要淹死的富人,回过头来对儿子大声喊着说:"我儿我儿,五分便救,一钱不救!"

富人画像

富人请画师给自己画像,却不肯给画师报酬。画师很生气,给富人画了幅背面像。

富人一看,惊讶地说:"人家画像就画脸,你怎么画我的背啊?"

画师说:"你画像不肯花钱,还有脸见人吗?"

藏　金

从前有个塾师,对待学生很严,有一次他罚一个迟到的学生长跪。

学生跪在地上解释道:"弟子偶得千金,方才处置,故姗姗来迟,万望先生宽恕。"塾师听到"偶得千金",心里一动,却装着非常生气的样子,大声道:"你的金子从何而来?""是从地下掘出的。""你如何处置?""预备用五百金买田,二百金造屋,一百金置器具,尚剩二百金:打算一半买书,发奋攻读;一半孝敬先生,以酬平日教育之恩。"

先生听罢,顿时眉飞色舞,连忙叫他起立,将他带到家中,招待他吃饭。不但酒菜丰盛,谈笑款洽,且神态和平日大不相同。学生暗暗好笑,便趁机大吃大喝起来。

席间,先生突然问道:"你方才匆匆而来,金子收藏好了没有?"

学生抹了抹嘴,答道:"我刚把买书、发奋、孝敬先生的事打算停当,就被讨厌的狗吵醒了。"

先生至此方知被骗,觉得十分尴尬,但仍装作若无其事的样子,说:

"很好很好,你梦中得金,都忘不了先生,要是真的得着,那就更不必说了。"

吃白食的横理

一个人走进点心铺,喊了一声:"给我来三碗豆浆!"堂倌立刻照办。然后,这个人又喊道:"我不要豆浆了,给我换两根油条吧!"堂倌又给他送来油条。

他吃完油条,擦擦嘴就往外走。堂倌急忙拦住他,要他付钱。他把眼一瞪,说:"为什么要钱?那油条是我用豆浆换的呀!"堂倌说:"可豆浆你也没有给钱呀!"他眼睛瞪得更大,说:"豆浆?我根本就没喝呀!"

"听不清楚"

从前,有个地主叫长工阿三站在窗外,听他在房里读书的声音好听不好听。他读完后问阿三:"你听得清楚吗?"阿三回道:"老爷,你读书的声音非常好听,我句句听得清楚。"

为了弄清阿三说的话是真是假,地主又叫阿三到书房里去说话,自己站在窗外听。阿三跑到书房里大声说:"老爷,你两年没给我工钱了,快点算出来给我,你听清楚了吗?"老爷忙用双手捂着两耳大叫:"听不清楚!听不清楚!"

锯了半截正好

有个人很吝啬,买来鱼却只用鱼头、鱼尾待客,斟酒也只斟半杯。一天,有个客人挟起鱼头看了看,又拿起鱼尾左瞧右瞧说:"主人家的鱼肯定是在狭小的井里养的。"主人问:"怎见得?"客人说:"因为这鱼只长头尾不长身!"

主人听了,红着脸说:"高见,高见。喝酒,喝酒!"却只给客人斟半杯酒。客人又说："请借把锯来。"主人问："做啥？"客人说："要此高杯作啥？锯了半截正好。"

借　牛

从前，有个富人不识字。一天，他正在客厅里陪客人吃茶，忽然有人送来一封信，原来是邻村一个地主写信向他借牛。富人接过信，颠来倒去地看了半天，也看不明白，又怕客人笑话他，就装模作样地说："既是你家主人请我，到时候我自己去就是了。"

送信的人听了，忙解释说："不是，是拉车的牛……"

富人怕露了馅，忙大声说道："你还啰唆什么！坐牛车还是坐马车，用不着你操心，反正我去就是了。"

充硬汉

有个穷秀才，一天应邀到朋友家去赴宴。这时正是初冬季节，他没有过冬的衣裳。不去吧，这一顿美餐难得；去吧，又怕人家笑话他穿得单。咋办呢？想了半天想了个好办法。他找了一把扇子，一边走一边扇，见了朋友他一个劲儿说："我这个人是火底子，生性怕热，就是寒冬腊月也喜欢凉快。"主人看出了他的假，想法要治治他，看他还敢不敢充硬汉！

酒宴一毕，夜深了，主人给他安置睡处，在后院凉亭里铺上一床竹席，只给他一床被单盖。准备停当后，主人对秀才说："知道你怕热，专门给你找了个凉快的地方，你好好歇歇。"

秀才睡到五更，酒劲一散，冻得他受不了，只好把被单裹在身上，沿着鱼池跑步取暖。谁知一脚踩在被单角上，跌进了水池里。这时主人心里过意不去，怕他冻坏了，正跑来看他。到跟前一看，吓了一跳，见他在水池里乱扒，赶紧将他拉起来。问他咋啦？他咬着牙说："太热了！我刚下去洗了个澡。"

我也不认识了

有个宰相很喜欢写草体字,写得高兴时更是龙飞凤舞随意乱涂。一次,他将文稿交给他的侄子去誊写。他侄子看了几遍,有很多字不认得,就去问宰相。谁知宰相左看右看,看了很久,也认不出来了,便责怪他的侄子说:"你为什么不早点来问?现在连我自己也不认识了。"

六条腿更快

有个县官,要他儿子进京赶考,怕误了考期,就给他买了一匹最快的马。县官的儿子却牵着马,不骑它,一步一步地走着。人们见了奇怪地问:"为什么不骑马赶路呀?"

县官的儿子回答说:"六条腿赶路,岂不比四条腿更快!"

王三为人

从前,有个人叫王三,为人死板。一天,王三上山砍柴,儿子要跟去玩,他把儿子带到山上。砍了一半,他让儿子看着柴禾,自己到一边去砍柴。突然,一只饿狼朝儿子扑了过来,他一看慌了手脚,拿起镰刀扁担上前去救,忽听到儿子在"妈呀""妈呀"地大叫,王三立刻改变主意,拔腿就往家里跑。

跑到家里,他上气不接下气地对老婆说:"快,儿子被狼叼去了。"老婆一听,脸都吓白了,着急地问:"你怎么不去救呢?"王三一本正经地说:"儿子没有喊我,他光是'妈呀''妈呀'地叫你呢!"等他们两口子跑到山上,儿子早被狼吃掉了。

腰　伤

有兄弟俩,老大投机耍滑,老二忠厚勤劳。每年一到夏收的前几天,老大总是说腰疼病发了,睡在家里,地里活儿都压在老二身上,等到庄稼一收毕,老大的腰疼病也好了。一年如此,两年如此,年年如此。总是这样,老二看出了门道。

这年又到了夏收季节,老二在床上妈呀娘呀地哼叫,老大怕老二得了急病,慌忙找人去请医生。老二按着腰说:"不必请医生,我只是腰扭伤,歇几天就好了。"老大一听顺嘴就说:"真巧!我的腰伤正准备发作,你可赶到我头里了。"

秀才砍树

有个秀才,不知发家致富之道,坐吃山空,一贫如洗。他思来想去,总想不出其中道理。一天,他看着院中间一棵根深叶茂的槐树,如有所悟:"四四方方的一个院子,里面长一棵树,不正是困难的'困'字吗?噢!难怪生活这样贫困潦倒。"他马上命令儿子,快快将那棵槐树砍了。

儿子看那棵槐树根深叶茂,又大又粗,总是不忍心去砍,但又找不到说服父亲的理由,只好从命。但当他刚要举起斧头砍的时候,却心生一计,放下斧头对父亲说:"砍了树不难,只恐怕还有更不吉利的兆头呢!你看,砍了它,咱们人还住在里面,这不成了囚犯的'囚'字吗?咱宁愿清贫,也不能做囚犯呀。"秀才一听,只好悻悻地走了。

没有主见的人

过去有个做生意的人,带着自己的孩子,赶着一头毛驴,进城去赶集。半路上,一个小伙子看见他们父子跟在毛驴后边紧走,就笑着说:"这爷俩真奇怪,放着毛驴不骑,跟着毛驴跑腿,也不嫌累!"生意人听了觉得有理,就让孩子骑上毛驴,他跟在后边走。

走了一段路,一个老头看到他们,不满意地摇着头说:"年轻的骑驴,让老的跟在后边跑,太不像话,一点也不尊敬老人!"生意人听了,觉得这话很对,就让孩子下了驴,他自己骑上,孩子跟在后边走。

又走了一段路,一个老太太看见他们,指着生意人说:"老的骑驴,让小的跟着跑,一点也不知道心疼孩子!"生意人听了,觉得这话也不错。可是怎么办才好呢?想了许久,才想出个两全其美的好办法来,他和孩子都骑上毛驴。瘦小的毛驴本来劲就不大,驮着两个人累得浑身出汗,直喘气。前边遇到一条河,毛驴吃力地走上石桥,再也支持不住了,来回摇晃了几下,扑通一声,连人带驴掉进河里去了。

先生牛

从前,有一个小官,后来退职靠教书为生,他瞧不起手艺人。一年端午节,一个学生请他去吃饭。他家里正请裁缝、木匠两位师傅干活,这个学生的父亲就请他们三人同桌。那先生想:这两个"赤脚人",沾了我的光,要奚落他们一下。吃饭时,他便说道:"今天东家请客,我们同坐一桌。大家来点诗文,以助酒兴如何?"两个师傅回答:"好吧。"

他得意地开口道:"一点起,高、官、客,鸟字旁,鸡、鹅、鸭,无我先生高官客,尔等怎吃鸡鹅鸭?"裁缝师傅听了,接着道:"雨字下,霜、雪、露,衣字旁,衫、袄、裤,我不缝制衫袄裤,先生怎御霜雪露?"木匠师傅也慢悠悠地接口道:"一撇起,先、生、牛,木字旁,栅、栏、楼,木匠不建栅栏楼,何处关你先生牛!"那退职小官脸红气急,无言可答。

大小多少

从前有两个小官在路上走着,后面来了个农民。

天气炎热,日头似火。一个官打着伞,一个官摇着扇子。打伞的故意炫耀说:"伞撑开来大,收起来小;雨天用得多,晴天用得少。"

摇扇子的官也跟着说:"扇子打开来大,收起来小;热天用得多,冬天用得少。"

农民接口说:"你们在老百姓面前大,在上司面前小;天天胀饭多,日日做事少。"说得两个小官满脸通红。

认"一"字

有个人教儿子认字。他先用笔在纸上写了个"一"字,教给儿子认。写了几遍,儿子就记住了,这人十分高兴。

第二天一早,他领着儿子上了茶馆,得意地炫耀说,他的儿子能认字了。说着,用手指蘸着茶水,在桌子上写了个"一"字,让儿子来认。儿子凑到桌前,横看竖看,却不认得了。

他气呼呼地责骂儿子说:"笨蛋!这不是昨天教的那个'一'字吗?为什么就不认识了!"

儿子一听,委屈地说:"谁知过了一夜,它就长得这么长了!"

实不知情

有个富人的儿子冒充秀才,一次与别人打官司,县官看他庸俗粗鄙,怀疑他的身份,问道:"你是秀才,那么你谈谈'桓公杀公子纠'一章是怎么回事。"

那人不知道是古书《左传》上的一句,还以为是一件人命案子,便连声大叫道:"小人实不知情。"于是县官下令打了他二十大板。

从衙门出来,他对书童说:"这县官也太不讲理,说我阿公打死翁子九,打了我二十大板。"书童答道:"那是古书上的一句话,您就说略为知道一些也好嘛!"

他说:"我说不知情,尚且打我二十下;假如说知道,岂不要拿我偿命!"

飞来的"熊掌"

某财主望子成龙,急于求成,特地请了一位老先生教他念书。一年之后,财主问先生道:"我儿子学会了做官的本领没有?"老先生慢条斯理地回答道:"古人云:'半部《论语》治天下'。今日令郎熟读《论语》《孟子》,出而为仕,绰绰有余。"财主听后大喜,决定大摆宴席庆贺。事前他吩咐儿子,宾客面前处处要显得知书识礼,儿子一一应允。

热闹的宴会开始后,仆人端来一盘鱼,财主的儿子沉吟片刻,一伸手就把鱼拉到自己的面前,高声吟道:"鱼,我之所欲也!"满座都大笑不已,把财主气得七窍生烟,飞手就给儿子一巴掌。他的儿子连忙改口高吟道:"熊掌,亦我之所欲也!"一时气得财主面如土色,不省人事。

才 子

有个县官,在读古书时,有很多句子不会解释,就叫师爷给他找个"高才"的人来。师爷把"高才"误听作姓高的裁缝,就把那个裁缝找来了。县官问:"贫而无谄如何?"裁缝说:"裙而无裥,那可使不得。"县官又问:"富而无骄如何?"裁缝答道:"裤而无腰,那更使不得。"县官发起脾气来骂道:"走!"裁缝说:"若是'皱',小人倒是带了熨斗在此。"

别字先生

有一私塾先生,常念别字。那天,一个学生捧着书本指着"出"字问:"先生,这是个啥字呀?"先生挤巴挤巴眼睛说:"咋连'高'字都不认得啊?"

学生回到座位上,照着先生教的,把"出"念成"高",横竖拗口念不成句子。没办法,只好又去问先生咋念:"先生,这个字到底念啥呀?"先生不耐烦地鼓着眼睛说:"高!高!"那学生又说:"这是两个山字叠着,好像和高字不一样呀!"先生把桌一拍骂道:"两山叠起来了,还不高吗?怎么不念高!"

赎棉袄

从前有一个人,平时不懂诗书,不通礼义,却爱装斯文。一天,他去集上闲逛,到了午时,肚里饿了,走进一个饭铺里。可他叫不来菜名。问别人又怕失身份,便暗暗听旁人说什么,好照着葫芦画瓢。

说来也巧,旁边有两个先生模样的人,正在那里谈论和点菜,说起话来文文雅雅的,与众不同。他听了一阵,记下了"贵庚""令尊"两个词。这时堂倌过来问道:"客人要吃什么?"他一本正经地说:"贵庚!"那堂倌打量了他一会,又问:"还要些什么?"他又答:"令尊!"那堂倌见他说的不对路,又问了一句:"还有吗?"他一听慌了,因为他只记下这两个词,便吭吭哧哧地说:"没……没有了。"

堂倌见他这副样子,便端了一些酒菜,摆在他的面前。他一见饭菜,顾不得再斯文,三扒两扒就把饭菜吃光了。吃罢饭,堂倌便向他报账:"贵庚八十,令尊三十,你付钱吧!"他就连忙朝身上摸钱。可是,身上都摸遍了,只有四十文钱。堂倌见他饭钱不够,便朝对面的当铺指了指道:"我们不欠账,你拿件衣裳去当几个钱,再来结账吧!"他没法,只好将自己的棉袄脱下来当了钱。他为了记住当铺的地址好往回赎,便有意朝当铺的门面上多看了一眼。他看见当铺的屋檐上挂了一串蒜,便暗暗记在了心里。

第二天,他带了钱去当铺赎棉袄。谁知,绕了老半天,也没有看见挂蒜的地方,急得他满头大汗。有位老头儿见他那副着急的样子,便问:"客人要找哪里?"他答道:"我要找……找挂蒜……"老头儿一听,微笑着说:"客人,你记错了吧,你大概是要找算卦的吧?"他胡乱地点了点头。老头儿朝前指了指道:"从这儿往北拐,小巷口便是。"

这人便照着老头儿指的,找到了一个算卦摊子。他不明白当铺怎么变成了摊子,便走了过去。那算卦先生一看,以为他是来算卦的。便问:"贵庚?"这人一听,忽然想起堂倌向他要的价钱,连忙答道:"八十。"算卦先生一愣,心想:他大概是说他父亲的年岁吧。便又问道:"令尊?"他又答:"三十。"算卦先生更觉得奇怪了,又问了一句:"你是属什么的?"他答道:"我是赎棉袄的。"

管家和跑腿

从前有个地主想发家,专门挑选了一个慢性子的当管家,一个会占小便宜的当跑腿,果真替他刮了不少钱。

有一天,地主大少爷掉到井里了,慢性子管家慢吞吞踱到中堂,鞠完躬,请过安,然后才慢条斯理地说:"启禀老爷,大少爷失足落水了。"地主一听大怒,责骂他为啥不早说。当他们跑去捞上大少爷时,人已淹死了。于是,地主只好叫跑腿的去买棺材。他果真会占便宜,趁老板不注意在大棺材里藏了一口小棺材运回来。地主一见,气得大骂:"弄两口棺材干啥用?"跑腿忙说:"有用,有用!大的装大少爷,小的以后好装小少爷!"

三个条件

有个财主对长工特别苛刻,知道的人都怕去他家做活。

一天,那财主找到开甲,请开甲去做一年活。开甲想,非整他一下不可。开甲话不多说一句,就答应了,但提出三个条件:"一,退屁股走路不干;二,戴四方帽不干;三,三个同走我不走。"

财主答应了。订了约,开甲才去上工。

转眼到了栽秧季节,财主叫开甲去栽秧。开甲就说:"我讲过了,退屁股走路我不干!"财主哑口了。

到打谷子的季节,财主叫开甲去打谷子。开甲说:"不是说过吗?四方帽子我不戴!"

财主只好改口说:"那么,你就去把谷子挑回来。"

开甲说:"老板,你答应的条件又忘记啦!我说过三个同走我不走嘛!"

财主说不过他,只好按照合同办事。

衣食父母

一官到任,老百姓来告状,官高兴地说:"好事来了!"连忙放下判笔,下堂来与告状的人打躬作揖。

衙役见了,不解地问:"老爷是父母官,他是平民百姓;他有冤来告,请老爷给他办案,老爷为何如此尊敬他?"

官说:"你不知道,来告状的,便是我们的衣食父母,我为何不敬他?"

青 盲

一个患青盲眼的人,因为官司牵连,被官府传了去。见官时,他说自己是瞎子。

官说:"看你一双好好的青白眼,怎么骗人说是瞎子呢?"

那人说:"官呀,你看我是清白的,我看你是糊涂的。"

锄糊涂虫

告状的人说:"小人明天丢失锄头一把,请老爷追查。"

县官问道:"你这奴才,明天丢失锄头,为什么昨天不来告状?"

小吏在旁听到,不觉失笑。县官马上断案,说:"偷锄的一定是你了,你到底偷去干什么用?"

小吏答:"我偷锄头,要锄那糊涂虫。"

巴拉根仓的故事

宝　驴

这天,宝尔勒代派管家拿着大红帖子去请巴拉根仓。

"巴拉根仓巴格希在家吗?"

"在家。"巴拉根仓见是管家,惊讶地说,"哎呀,有什么大事,烦劳管家亲自上门吩咐呀?"

"老白音想请你吃饭,怕你不肯赏光,就让我亲自来了。"管家说着,把请帖递上。

"不敢,不敢。我正要登门向宝尔勒代白音去请安哩!"

巴拉根仓骑上那头早已打扮好的瘦驴,跟管家来到白音家里。宝尔勒代迎出门去,亲热地说:"老朋友啊,我算服你了!上次那匹马算白送给你,咱们和好吧。"

"什么?"巴拉根仓哪能吃这一套,生气地说,"你抢了我的金貂,独吞了一千两银子,我还正要找你算账呢!要不是怕王爷生气治我的罪,早告你去了。"

"算啦。"老家伙心里恨得咬牙,表面仍做笑脸说,"不提过去的事了,这叫'不打不相识'啊。管家,快摆酒,今儿非喝个大醉不可。"

宝尔勒代把巴拉根仓让到上座,巴拉根仓对满桌酒肉正眼都不瞅,满腹心事地一个劲儿往窗外看。宝尔勒代存心灌醉巴拉根仓,好害死他,一见他饭不动筷,酒不沾唇,对自己的殷勤招待冷冷淡淡,真是又急又气。看看窗外,除了巴拉根仓那头瘦驴外,什么都没有,忍不住问道:"老弟,酒不喝,饭不吃,一个劲儿看什么呀?是瞧不起我宝尔勒代吗?"

巴拉根仓摆摆手说:"等一等,等一等。"又过了一会儿,突然大声喊起来:"我的驴要拉粪了!"喊着就跑了出去。

宝尔勒代吓了一跳,莫名其妙地也跟了出去,见巴拉根仓跑到驴子跟前,从粪里一下子拣出个金元宝。他直瞪着大眼,惊得半天说不出话。

"老朋友,明白了吧!"巴拉根仓凑到宝尔勒代耳边,悄声说,"不是知己,我怎能把这个秘密告诉你。这是一头宝驴,每天拉一个银元宝;如喂好草好料,还能得到金元宝。今天因为到你这儿来做客,好草好料喂了它一顿,你看,"把金元宝在宝尔勒代眼前一晃,"沉甸甸的! 唉,我要有你家那样多草料,该多好。"

"老弟,这是真的吗?"宝尔勒代问。

"这不是你亲眼看见的吗?好,好,不说这个了,还是喝酒去。"巴拉根仓拉着老家伙就走。

"哎,老弟。要是好草好料喂着,真是每天能得一块金元宝?"宝尔勒代又问。

"哎呀,讲好不谈这事,你怎么还问! 我把秘密告诉你,是看你够朋友。你可不能跟外人乱说!"巴拉根仓郑重地说。

"不会,不会,你放心吧。"

"老白音的为人我哪能不相信,我是怕下边人听见,传到王爷和诺颜耳朵里,就不好办了。来,我敬白音三碗酒。"

宝尔勒代是个见财眼红的人,这时他一心想把宝驴弄到手,别的什么事都忘干净了。刚才还想灌醉巴拉根仓,现在自己却喝得迷迷糊糊,晕头转向。

"老弟呀,能不能把驴卖给我?"

"那可不行!"巴拉根仓着急地说,"我全家就指望着这驴过日子呢。"

宝尔勒代再三要买,巴拉根仓急得脸红脖粗,就不答应。最后宝尔勒代威胁说:"再不答应,我就去告诉王爷,让你一个钱也得不到。"

巴拉根仓一听,痛哭流涕地说:"你呀,你呀,宝尔勒代,你算把我害苦了!……"

"别哭嘛,老弟。"宝尔勒代紧逼着说,"我出一千两银子,五十匹好马,这还不够你一家生活?"

"钱再多一花就光,这驴可是金银长流的活宝贝。多少钱我也不乐意卖呀!"

"哎,我的日子过好了,还能亏待了你?"

"唉!"巴拉根仓愁苦着脸说,"你们有钱人真狠,像饿狼一样,什么都想吞到自己肚里。没法,胳膊扭不过大腿,卖给你吧。"

"这才叫够朋友!"老财迷高兴了,忙吩咐管家,把银两、马匹预备好,亲手交给巴拉根仓。

"智慧囊"

巴拉根仓的机智是很出名的,人们提起他来就说:"王爷的牛羊最多,巴拉根仓的智慧最多。"有一个傲慢自大的诺颜听了这些话很生气,愤愤地说:"岂有此理!天下的奴隶能有比我们台吉更聪明更有智慧的吗?我倒要看看这个巴拉根仓长着几个脑袋。"从此,这个诺颜就到处寻找巴拉根仓,想和他比比智慧。

一天,诺颜骑着匹快马,在荒滩草甸子上碰见了巴拉根仓。巴拉根仓正倚着一棵斜长的树吸烟,诺颜没有下马就问:"你是巴拉根仓吗?"

巴拉根仓翻眼一看是诺颜,动也没动,就说:"我就是巴拉根仓!"

诺颜说:"听说你最能撒谎骗人,是吗?"

巴拉根仓说:"可不敢当,诺颜老爷,不过人们都说我最有智慧。"

诺颜说:"好吧,今天我要与你比比智慧,你要当着我的面骗我一次,我算输给你;要骗不了我,我要用马刀把你的头砍下来!"

"今天可不行,"巴拉根仓故作惊慌地说,"我的'智慧囊'放在家里没有带着,要是它在我身边,别说你是诺颜,就是皇帝,我也能当面骗他。"

诺颜一听,更有点冒火,说:"那就快取你的'智慧囊'去,我在这里等着你。"

"我走着去得什么时候回来?算了,为了不让你猜疑我胆小不敢比,还是另找一个日子吧,再说我今天也没有工夫。"

"不行,"诺颜暴躁地说,"今天非比不可,你要嫌走路慢,把我的马骑去!"

"不行,不行,今天实在没有工夫。"

"怎么没有工夫?"

"你没看见吗?诺颜老爷,这棵树眼看就要倒了,我用身子顶着它哩!怎么能走开?"

"来,我先替你顶着树!"诺颜把马交给巴拉根仓,站到树下用力地顶起来。

"唉!"巴拉根仓无可奈何地说,"看样子你是逼着我非骗你不可呀!"

"别吹大话,巴拉根仓,要是输给我,小心你的脑袋!"诺颜冷笑着说。

"好吧,那我就骗一次给你看,诺颜老爷,你要好好顶着树,小心别给狼叼了,等着我去取'智慧囊'……"巴拉根仓跳上诺颜的快马,用脚镫狠狠向马肚子一踢,抖动缰绳,像箭一样向草原飞去。不过,巴拉根仓再也没有回来。

一块臭肉

一次,王爷进城,想带一个精明强干的人做随从,选中了巴拉根仓。

走着走着,日头偏西了,马也累了,人也饿了,便停下来歇脚。巴拉根仓先服侍王爷吃饱喝足了,自己掏出牛肉刚要吃,一不小心,把牛肉干掉在地上了。刚要拣,王爷看见了,说:"掉在地上的肉是臭肉,一块臭肉还捡它干什么?"

"是!把掉在地上的臭肉扔下!"巴拉根仓重复了一下王爷的话,跟着他走。

两个人快马加鞭飞驰,不一会儿就来到城里,这座城可真繁华异常。正当王爷观赏着城市美景时,巴拉根仓趁其不备,用马鞭往王爷马屁股上捅了一下,王爷的马立刻受惊,猛地一窜,王爷头朝下跌了个倒栽葱。摔得他鼻青脸肿,痛得乱叫。巴拉根仓却若无其事地从王爷身旁走过去,东张西望,仍看他的热闹。

王爷大怒道:"大胆的奴才!王爷掉在地上起不来,你不来搀扶我,还看热闹,该当何罪?!"

"哎,王爷,你别生气呀!"巴拉根仓慢慢腾腾地说,"掉在地上的肉都是臭肉,一块臭肉要它干什么!"说罢,催马向前走了。

阿古登巴的故事

卖磨刀石

从前,在拉萨有个富人叫楚固多玛,他家有很多金银财宝,有很多磨刀石,但他还不满足,想用他的磨刀石去换更多的银子。

有一天,阿古登巴拿了一些银子到他家里去说:"楚固多玛大人,这两天街上买磨刀石的人很多。你看,我只卖了一些碎的磨刀石,就得了这么多的银子。"

楚固多玛听了,很眼红,心里想:如果都能卖掉,不就得到比他多得多的银子吗?于是他对阿古登巴说:"那么我的这些也有人买吗?"

阿古登巴回答道:"有!现在磨刀石正在行时,价钱也很好,大的卖一两银子,小的还是卖一两银子,你去卖吧,我还有事情。"说完便走了。

楚固多玛自言自语地说:"大小一个价钱,把我的这些磨刀石都打成小块的,不就会卖更多的银子吗?"于是,他就叫几个佣人把磨刀石统统打成碎块。

第二天,楚固多玛到街上去卖磨刀石。很多人围拢过来看,见是一些不成材的碎石块,便一哄而散,没一个人来买。

楚固多玛知道上了当,要找阿古登巴出气,叫他赔偿损失。楚固多玛找到阿古登巴,大骂道:"你这个贼,害得我好苦,我不能饶恕你……"说着便要打阿古登巴。

阿古登巴说:"这与我有何相干。"楚固多玛说:"放屁!我叫你到法庭去。"阿古登巴说:"好吧!"

他们到衙门去时,天已黑了。阿古登巴和楚固多玛分别被关在两间房子里。晚上,阿古登巴把脖子上挂的一串钱拿下来,在地上拉来拉去。

楚固多玛想着如何打赢这场官司,久久不能入睡。突然,他听到隔壁阿古登巴的房间里不断传出钱的响声,就想:啊呀!阿古登巴运了一夜钱,不知给当官的行了多少贿,这官司恐怕打不赢了。他越想越害怕,就早早溜了。第二天,阿古登巴也就被放了出来。

单道叔叔上当

一天,阿古登巴在郊外碰到单道叔叔。单道叔叔是个商人,专靠剥削别人致富。这时,他正骑着一匹好马,逍遥自在地游玩。

"你这人很狡猾。"单道叔叔勒住马指着阿古登巴的鼻尖说,"今天你能叫我上当便罢,不然,以后就夹起你的尾巴闭住嘴!"

阿古登巴眯着眼睛说:"叫你上当容易,可是今天不行,我把叫人上当的花石头忘在家里了。"

"那我去取。"单道叔叔毫不放松。

"你不知道它放的地方。"

"那你去取。"

"不行,隔着一条大河啊,现在又没有船。"

"骑我的马去吧,我等着你。"

阿古登巴便牵过马来跨上去。到了河中间,他回头问:"已过了一半河,你该明白一半了吧?"

单道叔叔一个劲挥手,喊:"去!快点!少啰唆!"

到了河对岸,阿古登巴又回头说:"现在你该全懂了吧!"说完,他骑着马向远方走去,把目瞪口呆的单道叔叔撇在河对岸。

国王的座位

有一次,国王和阿古登巴讨论人死后的归宿。阿古登巴说:"人死了都有自己的座位,有的人在天堂,有的人在地狱。"

国王问:"什么人的座位在天堂?"

阿古登巴说:"好人的座位在天堂。"

国王问:"什么人的座位在地狱?"

阿古登巴说:"坏人的座位在地狱。"

国王又问:"那么,你看我的座位在哪里?"

阿古登巴说:"依我看你的座位应该在天堂,因为你自己常说自己是好人。可是我听说天堂的座位已经摆满了,放不下你的座位了。"

国王说:"那怎么办呢?"

阿古登巴笑着说:"你就到地狱里去吧,那儿和你的情况相同的人还不少呢!"

贪心的商人

有个大商人,为人心黑手狠,十分贪财,经常弄一些假货到拉萨的市场上去欺哄众人,牟取暴利。阿古登巴知道了,心中愤愤不平,便拿定主意要好好惩治他一下。

一天早上,阿古登巴提着一个瓦罐,走到那个贪心的商人每次去拉萨都要经过的路上,在路旁的草坡上挖了一个洞,烧起干牛粪来。他把瓦罐盛满水,搁上茶叶,稳稳当当地坐在火上。不一会儿工夫,茶就烧开了。这时,阿古登巴把早准备好的一块又薄又大的石板,盖在火塘上,四周掩上土,再把瓦罐放在石板中间,让茶水继续开着。一切都妥了,他便坐在旁边吃喝起来。

正在这时,那个大商人骑着马来了。他看见阿古登巴在路旁喝茶,觉得有些饥渴,便翻身下马,向阿古登巴走去。阿古登巴见他来了,忙起身打招呼:"你好,尊贵的客人,快下马喝碗茶,歇歇再走吧!"

商人凑到跟前,刚要动手倒茶,一下愣住了。他看见没有生火,瓦罐里的茶却"咕嘟咕嘟"地开着,惊奇地问道:"这是怎么回事?伙计,这玩意儿是从哪儿买来的?"

阿古登巴假装没听明白,反问道:"买什么?你说啥?"

商人说:"我说的是你的茶罐,没生火怎么就把茶烧开了。你到底是从哪儿买来的?快卖给我吧,我出高价向你买!"

阿古登巴慢慢悠悠地回答说:"唔,这宝罐嘛,走到哪儿也买不着。你别小看它,这是祖上留下来的宝物,都传了不知多少辈儿啦!"

"伙计,真的不用生火就能熬茶吗?"

"当然啰!要不,还算啥传家宝?"

"卖给我吧,我给你五十两银子。"

"你不要和我开玩笑,祖祖辈辈传下来的宝罐,哪儿能卖?"

"好啦,好啦,把我随身带的这些货物也加上,总该卖了吧?"

"请你不要缠住我,时间不早了,我该走啦。"

"这样吧,把我骑的这匹最心爱的马也添上,快卖给我吧!"

那个大商人不让阿古登巴再开口,便把银子、货物,连同他骑的那匹高头大马一块儿交给阿古登巴,然后,拎着瓦罐就走了。

骗子阿尔达尔·阔索

一天,阿尔达尔·阔索在巴扎上闲逛,突然遇到了一个骑着高头大马,戴着狐皮帽子的人物,一打听,原来是外地来的大财主,叫坎吉巴依。于是,他跟前跟后,忙个不停,最后终于瞅准了一个机会,搭讪着和巴依说上了话。

"我说巴依,看样子您是个很有钱的人,可也有美中不足的地方。您的财富是牛羊,是马群。那可都是活的!您缺少的是永远不会死的财宝——金子和银子。金子和银子比起您的牛啊、羊啊,好处多了,它一不找您要草吃,二不找您要水喝,借给人家还净得红利!您说世上还有比这更好的东西吗?"财主动了心,不住地点头。

"不瞒您说,从前我的财产和您的差不多。自从我换了金子、银子,比您可富多了。我现在光用来搬家的骆驼,就有五十峰。夏天为了喝点马奶酒,我养了三百匹母马。除此之外,我还有六头牦牛才能驮完的金豆子……"财主眼红了,张大的嘴巴再也合不拢了。阿尔达尔·阔索看到时机已经成熟,凑近巴依的耳边悄悄地说:

"巴依大哥!您看,前面白房子旁不是拴着一匹马吗?那是我骑来的。马背上还有两三捧金子,我想把它拿来给您,您的马借给我骑一下怎么样?"

"好!好!你快去快回!我这匹马腿脚有点不快,骑上它,再抽上两鞭子!"说着,巴依把鞭子递给了阿尔达尔·阔索。

就这样,贪心的巴依不但给了马,连马鞭子也赔上了。阿尔达尔·阔索翻身上马,快马加鞭,一溜烟,跑得不见了。

三个懒汉

一家弟兄三个,都懒得要命,整天闲着,什么活儿也不愿意做。

一天,他们的娘做了一大块香喷喷的糕,放在桌上,就出去了,直到吃中午饭时,还没回来。弟兄三个都饿得肚子咕噜咕噜响,眼看着那一块糕出神,但是谁都懒得去拿。停了好久,老大饿得难受,对老二说:"兄弟,去把糕拿来。"老二翻了翻眼皮,回头对老三说:"兄弟,去把糕拿来。"老三瞪瞪眼,扭脸对老大说:"大哥,去把糕拿来。"反正三个人谁也不愿意动。

又停了好久,三个人都饿得受不住了。老大对老二说:"你是弟弟,应当听我的话。去,把糕拿来!"老二跟着扭头对老三说:"你是弟弟,应当听我的话。去,把糕拿来!"老三一扭脸对老大说:"你是哥哥,应当照顾弟弟。去,把糕拿来!"三个人还是谁也不愿意动。

老大生了气,说:"好,你们不去拿,看饿谁!"老二说:"好,你们都不愿意动,看饿谁!"老三气愤愤地说:"你们都懒吧,看饿谁!"三个人憋着气,谁也不动弹。

又停了一会儿,老大想:自己年龄大,能顶住饿,不如想个妙法,使自己不用动就能吃到糕。他便对两兄弟说:"咱们如今立个规矩:咱三个不分大小,蹲到这里不许说话,也不许动弹;谁要是一说话或一动弹,就罚谁去拿糕。"老二想着自己正在壮年,能顶住饿;老三想着自己年轻,能顶住饿,便都答应了。

又停了很久,老大听见老二肚子里咕噜咕噜响,心里想:快啦,老二饿坏了就会去拿糕了。老二看见老三直流口水,心里想:快啦,老三饿了,就会去拿糕了。老三听见老大直咽唾沫,心里想:快啦,老大饿急了,就会去拿糕了。三个人都望着糕,一动也不动。

"白崖"打死的人

有个人,胆儿小,很怕死。听见个风吹草动,就吓得蒙上被子不出门;到了黑夜,听到狗咬鸡叫,心就"咚咚咚咚"地跳,竖起两个耳朵,睁大两眼到天亮。这且不说,他害怕死:人死了,多可怕呀,装进棺材,黑咕隆咚埋进深土坑里,重腾腾压上黄土,不透气儿。听说,灵魂还要鬼牵着,去游十八层地狱,地狱里下油锅,上刀山……甭说死了看见,听一听他就怕得没命了。

这一天,他想起死,越想越怕,怕得浑身淌冷汗。正巧,听人说街前来了个算命的,能算生死,很灵验的,他便去算了一卦。算命的说:"你今年有个槛,过去了,就没事儿了,过不去就难说了。"这一下,把他吓得浑身打冷颤,上牙打下牙,忙说:"哎呀,先生哪,你,你,你看有救没?"算命的说:"命由天定,生死咋救!万事小心为好,熬过今年便化凶为吉!"

这么一来,这人就吓得不敢出门了,一出门不远就是山,怕山倒下来砸死;近处就是河,怕掉在河里淹死;不敢上街走路,怕碰上车马碾死;不敢串门闲谈,怕人家的黄狗咬死;屋里也不敢坐了,怕房子塌下来压死。说来才怪,连馍也不敢吃了,怕噎死;连水也不敢喝了,怕胀死!一天到晚在院子里吓得"啪啦啦"打冷颤。

不吃不喝,天天怕死,没过几天,他就瘦成一把骨头了。肚子叽叽咕咕饿得也受不住了。没法儿就自个儿拌了一碗炒面,捏了几个"朵儿"来吃。他捏了一个,仰起头来,往嘴里丢;不料胳膊无力,手儿打颤,"朵儿"哗啦一下掉了,这掉下来的"朵儿"在他眼里就像一个白土大崖塌下来了!吓得他"啊哟"一声,倒在地上,断了气儿。

说来他是叫炒面"朵儿"——不,叫"白崖"给打死了。

岩江片的故事

大官哭了

有个大官对岩江片说:"老大,老大,你很会哄人,能哄我一次吗?"

岩江片说:"我不哄人!要哄我就要把你哄哭。"大官不相信。

有一天,岩江片约大官到河里捉鱼。在回家的时候,他借口有事先走了。

岩江片跑到大官的家里,大官的婆娘问他:"你怎么一个人回来了?"

"快,快,大官被河水淹死了,赶快扛门板去抬他!"岩江片气喘吁吁地说完,拆了块门板就跑了。大官的婆娘急得哭了起来。

岩江片扛着门板在半路上碰着了大官,大官见他这样匆忙,就问他:"你扛着门板去干什么?"

"你还不快跑,你的房子着火啦!我救得快,扛了块门板出来,是跑来给你报信的。"

大官急得直哭,拼命往回跑,在路上正好碰见他老婆哭着跑来了。两个人一问,才知道是被岩江片哄了。

蚂蚁是马鹿

有一次,岩江片去向财主丈人借谷子。丈人把秕谷借给他,他记在心里没说。

又有一次,他去丈人那里,正碰上吃饭。丈人见他来了,急忙把吃着的腊肉藏起来,换豆腐吃。岩江片看见了,也没有说。

有一天,岩江片约丈人去撵马鹿,并约好:"我在后面撵,你在前面堵。"丈人往前走了,岩江片睡在树下,见一只蚂蚁在树上,当蚂蚁往上爬时,他就大叫:"上去了!上去了!"

丈人听见后,就往山上跑,但是没有看见马鹿。

当蚂蚁向下爬时,岩江片又大叫:"下来了!下来了!"

丈人听见就往下跑,连马鹿的影子也没有看见。丈人跑得筋疲力尽,回来看见岩江片在看蚂蚁,很不高兴地问:"你在干什么?"

岩江片说:"秕谷当饱谷,腊肉换豆腐,蚂蚁是马鹿。"

丈人听了,又气又羞,半天说不出话来。

达太的故事

土官戴"帽子"

有一个土官,听到他人说达太非常聪明,很不服气,就来找达太说:"太!听说你很聪明,很会骗人,可是我就不相信你能骗得了我。限你三天时间,如果你能使我受骗一次,我就恭维你;如果不能,那就别怪我对不起你!"

第二天,有人杀猪,达太向人家要了尿脬。他把尿脬吹得涨涨的,然后晒干。第三天晚上,他来到土官家里,悄悄把吹火筒换成了箫。夜深了,土官上楼以后,达太就把楼梯搬了;然后在楼下支了一个碓窝,碓窝里放着尿脬。

到了半夜,达太就去打猪,猪叫起来,他也大叫:"快追,快追,豹子抬猪啦!"土官从梦中惊醒,急忙起床去追。刚出门来,要下楼梯,就一头栽下来了。他的头恰好抵在碓窝里的尿脬上,尿脬给顶炸了,像一顶帽子一样,套在他的头上。土官伸手去摸跌得很痛的头,头上光溜溜的,他以为脑袋炸开了,大声叫老婆起来吹燃火看他的头。

土官的老婆去拿火筒吹火,结果发出了悠扬的声音。土官骂道:"你这该死的婆娘,老子的头都跌炸了,你还高兴吹箫!"

这时,达太在旁边笑道:"怎么样,相信了吧!"

土官气得半天也说不出话来。

沙子着火

有个孤儿,父母早死,只给他留下了一头很壮实的牛。

寨子里有一个富人,很想得到孤儿这头牛。有一天,他跑去对孤儿说:"孤儿,这头牛是我的骡子生的,借给你家这么久了,现在我要拉回去!"

孤儿知道牛不是富人的,骡子也不会生牛,但又说不过富人,就对富人说:"这事要请全寨的人来解决,他们说是你的,你就拉去。"

这天,全寨的老人、小孩、男人、女人都聚在一个山上,大家议论纷纷,有的说:"骡子怎么能够生牛?富人那么凶狠、刻薄,还愿意把牛借给穷人呀?真是骗子!"有的说:"怎么达太还不来呀?"

过了一会儿,富人说话了:"这头牛是我的骡子生的,哪个敢说不是?"大家知道,靠嘴巴说不过富人,所以没有一个人开腔。这时候,达太来了。

富人问达太:"你做什么去了,隔了这么久才来?"

达太说:"我在路上看见沙子着了火,我赶忙用很多草去扑火,把火扑灭了才来,所以来迟了。"

大家听说沙子着了火,感到很奇怪,就悄悄谈论起来。富人也骂道:"沙子怎么会着火,草哪里能够把火压灭?真是笨货!"

达太说:"是的,沙子不会着火,草也压不灭火。那么,骡子怎么能够生牛呢?"

富人再没有话回答了,他不得不把牛还给孤儿。

"天亮了"

达太来到了傣族地区,寄宿在缅寺里。有一天睡觉时,佛爷对达太说:"明早早点喊我,我要去收租。"

半夜,月亮白生生地照进屋里,达太故意喊道:"佛爷,天亮了,快起来吧!"

佛爷起来后对达太说:"我走后,要有人来喊开门,你不要给他开。"

佛爷到寨子里一看,家家都还关着门,再看天上,原来是月亮在当空照着。他又走回来:"达太,快开门!"

达太在屋里回答:"佛爷说了,任何人来都不开门。"

"我就是佛爷。"

"你瞎说!你不是佛爷!"

佛爷急了,说:"我就是佛爷!人家都还没有起来,我才回来的。"

达太还是没有给佛爷开门。佛爷只得在外面蹲了一夜。

卜合的故事

自滚锅

卜合一心为穷哥儿们解决困难,却没想着自个儿也欠岳父的地租和高利贷,直到他老婆愁眉苦脸地提醒他时,银子已经全分光了。

"我们怎么办呢?"他老婆问道。

"让大伙渡过难关,我们另想办法呗!"卜合回答说。

"年关一到,我那滴水不漏的父亲,开口讲的是钱,伸手要的是钱,你拿木叶给他呀!"

"我说有办法就有办法嘛!"

卜合眼睛在炉灶上转了转,指着已经有点烂的锅头说:"拿这锅头去和你父亲换一千五百文钱。"

"你疯啦!"

"你父亲有的是不义之财,用点儿算啥?"

"那守财奴会出一千五百文钱买这口烂锅,我才不信呢。"他老婆一时不明白,噘着嘴巴说。

"你瞧着吧!"

一天,卜合请地主岳父吃酒,事先叫老婆把烂锅烧得红灿灿的放在楼上。地主听说有好吃的,高高兴兴地来了。卜合招呼他坐定以后,对老婆说:"岳父肚子饿了,快开火弄菜吃饭。"地主听说现在才开火,急得直淌口水。

他老婆拿着鸡蛋爬上楼去,只见阵阵锅头响,没多久,就端出一碟热腾腾的煎蛋来。接着又送来一大碗事先热好的猪肉。怎么在楼上煮东西呢?坐下来板凳未热,菜饭就熟了。地主心里好生奇怪,也不管女婿愿不愿意,便爬上楼去看个究竟。楼上空荡荡的,只有一个烂锅端端正正地放在中央,走近锅边感到热烘烘的。卜合装着担心的样子说:"这是我家祖传的宝锅,名叫自滚锅。不管干肉鲜肉,下锅就熟。我从来没有告诉过别人,岳父你不要传出去呀!"

地主心里把铁算盘一敲:别说一年到头尽在众人面前显威风,叫饭菜自熟,单是柴钱就省去不少。于是,他说:"我的好女婿,把自滚锅卖给我吧。"卜合摇摇头说:"穷人家工夫多人手少,没空打柴,不能卖,不能卖。"他老婆在旁撅着嘴说:"不卖,今年的地租拿什么去缴。"地主急忙接着说:"给我自滚锅,今年的地租不要你缴,另加一千五百两白银。"

后来,这件买卖总算成交了。地主高兴得连饭也不吃,拿了自滚锅就往家里走。

卜合等地主走了三五十步,大叫一声"岳父",从家里赶了出来。地主生怕他变卦,拔起腿拼命地跑,卜合慢慢地追。等他走了十几里路,才追上去对他说:"这只锅要有福气的人用起来才灵,给它喝饱猪油,挂在梁上,三天之后没有变化,你才有福气用它。"

地主想:我堂堂一个百万富翁,自然是有福气的,莫说三天,就是挂十天也无妨。他照着卜合的话,用猪油从挂绳淋到锅头,里里外外淋满猪油,挂在正梁上。

黑夜里,一只老鼠从梁上走过,闻得绳子一阵异香,啃起绳子来。还没有到午夜,地主听得"当"的一声响,急急忙忙爬起来,走到大厅一看,自滚锅跌得粉碎。他伤心地说:"真没想到我是个没福气的人。"

治 禾

有一年,地主地里的禾苗长得很不好,就问三个女婿,看谁有办法能把禾苗治好。卜合说:"我有办法。"地主反问道:"你有什么办法?"卜合说:"田边有棵大树,树洞里有个护禾神。你杀一头牛,把牛肉切成小块煮熟了拿去祭,求神保佑,就有办法啦。记住,祭神时要把牛肉一块一块地放到树洞里去,听到树洞里不响了才算祭完。"

地主信以为真,当天便杀了一头牛,切碎煮好后拿去祭护禾神。

卜合早就在树洞里藏好了,脸上还涂得黑漆漆的。地主提着牛肉来到树洞边,听到树洞里直响,他叩了叩头就将牛肉一块一块地放到树洞里。地主放一块,他吃一块;放呀,放呀,牛肉都放完了,树洞里还在响。地主以为护禾神要喝汤,便把剩下的牛肉汤一起倒进树洞。卜合被牛肉汤淋了一头,气得他一跃从树洞里跳出来,用两手卡住地主的脖子。地主慌了,丢下桶,一口气跑回家,被吓得大病了一场。

和加纳斯尔的故事

饭的味道和钱的声音

有一天,和加纳斯尔在路上散步,听见路旁饭馆里闹哄哄的。他好奇地走进去一看,肥胖的掌柜正在打一个穷汉,穷汉的衣服都被撕破了,可是凶狠的胖掌柜还是边打边骂。

和加纳斯尔赶紧过去劝架,把可怜的穷汉拉到一旁,向掌柜问道:"你为什么打他?"胖掌柜气呼呼地说:"这个穷家伙不给钱就想跑,所以我才打他。"和加纳斯尔又问:"他都吃你什么了?该给你多少钱?"掌柜理直气壮地说:"他进了饭馆以后,掏出一块馕来,坐了很长的时间也不吃,一直坐到厨房的香味儿渗到他那块馕里以后,他才吃。当然他得给我钱了,我那饭菜的香味又不是白来的。"和加纳斯尔说:"对呀!你有理。"然后回头对穷汉说:"你说说你的理由吧!"

穷汉说:"我上他饭馆里来是真的,坐在门槛上吃馕也是真的,我来的时候本想吃点菜,但他这儿的菜太贵了,我的钱不够,想等点剩菜,哪知道这个不知道可怜穷人的老爷,什么也没给我,我只好吃了自己的馕。您想想就这样他应该找我要钱吗?"和加纳斯尔点了点头说:"你说得也对,可是你有钱吗?"穷汉说:"我只有两三个小钱。"胖掌柜在旁边跟着就说:"少点儿也行,给我吧!要不你就甭想走!"说着就伸手要钱。和加纳斯尔说:"掌柜的,你先别着急,你先到那边等等再来。"

胖掌柜走了以后,和加纳斯尔和穷汉说了几句话,要过钱来,两手握着钱喊道:"掌柜的,请过来吧。"爱钱如命的胖掌柜以为会给他很多钱,就很高兴地跑过去,对和加纳斯尔说:"谢谢您,谢谢您。"和加纳斯尔双手拿着钱,在他耳朵旁边使劲摇了几下以后,把钱又交给穷汉说:"你也再等一会儿走。"胖掌柜在旁边急得直冒汗,嚷了起来:"你这是干什么?

凭什么不给我钱?"

和加纳斯尔不慌不忙地说:"我是喜欢做公道事儿的人,他不是没吃你的东西吗?只是闻了闻你的饭菜味儿吗?可是你也听了他的钱的声音了,你那点饭菜的味儿也就值得听听这几个钱的声音,你还想干什么?"

胖掌柜气得没话可说,愣住了。那穷汉感激地紧紧握着和加纳斯尔的手,和他一起走了。

可汗的身价

一天,和加纳斯尔和可汗一块儿去洗澡,澡堂里很热,可汗觉得很舒服,高兴地问和加纳斯尔:"说真的,我就这样光着身子,拿到市场上去当奴隶卖的话,能值多少金子?"

和加纳斯尔说:"十锭金子。"

"胡说!你睁开眼看看,就光是我胸前这条围巾还不值十锭金子吗?"可汗生气地说。

"是呀!我说的就是这条围巾呀!英明的可汗。"和加纳斯尔说。

誓 联

有个县官,在大堂上挂了一副用誓言写的对联:

"得一文天诛地灭,

听一情男盗女娼。"

然而,赠送金银财物的人络绎不绝,只要送来,决不会让你再拿回去;审理案情,也必定徇情枉法。有人对县官说道:"你错了,难道忘了堂上所写的对联吗?"

县官回答道:"我没有忘,现在所得的不止一文,所听的也不是一情。"

毕矮的故事

狗吃书画

明末清初,浙江兰溪有个聪明人,叫毕矮,常与财主作对。

一天大富翁周道胜正在茶店说毕矮的坏话,恰巧毕矮路过,就走进去,说:"今天我遇到一件怪事。"

周道胜忙问:"毕老兄,什么怪事呀?"

毕矮说:"我邻居的一只狗,近来专门偷吃书画。今天,邻居把家里收藏的书画都拿出来翻晒,不料全被这狗吃了,主人杀死这狗,剖开它肚子一看,你猜里面是些什么?哈,一肚子的坏画(话)。"

茶客明白毕矮在嘲笑周道胜,哈哈大笑起来。

"瘟狗有福"

有一天,孙财主准备设宴请客。长工毕矮跟他上街买菜,买了整整一筐鱼肉。回来路上,毕矮见不远处有只黄狗,就故意把筐放低拎着。那黄狗窜过来猛一口叼走了肉。孙财主命毕矮去追。毕矮追了一会儿空手回来说:"唉,真是瘟狗有福!"

孙财主莫名其妙地问:"你说什么?"

毕矮说:"我们当长工的,一年到头拼死干活,从没吃过一顿肉,这下正如你东家所说,'命里注定',没福气呀。"

财主点头道:"对!吃肉有吃肉的福气。我为啥酒肉不断?这是'命中注定'的!"

毕矮笑道:"东家,那死瘟狗把肉叼去,像你一样,嗨嗨,也有吃肉的福气哩。"

财主愣了。

有 理

有一官员贪而无厌。一天,他把原告和被告抓来,审问案情。原告事先送了五十两银子,被告听说后,送了一百两银子。等到审问的时候,官员不问有理没理,竟然打了原告。原告伸出五个指头说道:

"小人是有'理'的,小人是有'理'的!"

那官员也伸出一只手说道:"奴才,你说有'理'?"又翻了翻手说道,"你说你有'理',他比你更有'理'!"

烂盘子

从前有个官,在上任的初期,向神发誓道:

"我要是左手要钱,就烂左手;右手要钱,就烂右手。"

过了不久,有人拿了很多银子来行贿,他想接受,又怕触犯了以前的誓言。忽然心生一计说:

"老爷我拿一个空盘来,让那人把银子放在里面,叫人捧进去。当日发誓是钱,今天却是银子;老爷我又没有动手,也只烂个盘子,与我毫不相干。"

杀了没话

周兴极残忍,常常法外立刑,人们都叫他"牛头阿婆"。

他杀人不眨眼,被他冤枉杀害的人很多,老百姓都咒骂他。他却不管这些,反而得意扬扬,在门外贴了一张字条:"这些囚徒们,我问他们,都说冤枉,但将他们杀了之后,就都没有话了。"

吃糟饼

有个人,家境十分清贫,不善于饮酒,常常出门,只吃两个酒糟煎的饼子,就好像喝醉酒的样子。这一天出门,正好遇到一位朋友,问他道:

"你早晨喝酒了吗?"

"没有,只吃了两个糟饼罢了。"

他回到家里,把跟友人的对话告诉了妻子。妻子埋怨他道:

"你就说喝酒了,也装装门面。"

丈夫点头,表示同意她的指点。

过几天,出了门,又遇到这位朋友,像以前那样问他,他就用喝了酒来对答。朋友追问他:

"是烫热了喝的,还是喝的冷酒?"

那人回答道:"是煎的。"

朋友笑着说道:"你还是吃的糟饼。"

他回到家里。妻子已经知道了他的答话,就责备他说:

"酒怎么能说成是煎的?应该说是烫热了喝的。"

丈夫百依百顺地说道:"我已经晓得了。"

此后出门,又碰上这位朋友,不等人家问他,就夸口说道:

"我这次的酒,是烫热了吃的。"

朋友问道:"你吃了多少?"

他伸出两个指头说道:

"两个。"

瞌睡法

有个保姆抚育婴儿,因为婴儿啼哭,不肯睡觉,保姆束手无策,忽然让孩子的爸爸拿本书来,孩子的爸爸问道:

"要书干什么用?"

保姆答道:

"我时常见你一看书就睡着了,我想拿本书来叫他看看,就会睡着的。"

量体裁衣

明朝嘉靖年间,京师有个裁缝,很有名气,经他手做的衣服长短宽窄,没有不合身的。有一次,御史让他裁制圆领袍子,裁缝跪着说道:

"请问,您当御史当了几年了?"

御史奇怪地问道:

"做衣服还用知道这些干什么?"

裁缝对道:

"年轻人初做大官,趾高气扬,挺胸凸肚,衣服应当后面短,前面长;当他到了中年的时候,在官场历练以后,意气稍平,衣服应当前后长短一样;等到做官做得时间久了,打算升官,这时心里更加谦虚,他的头时常低着考虑问题,这时候的衣服,应当前面短,后面长。因此,不知道做官做了几年,做出来的衣服就不能称身合体。"

弹发御史

宋代御史条例规定,凡御史上任,若一百天内不向朝廷提出批评建议,就要罢免,去任外官。有个叫王平的人被任命为御史,快百日了却还未上书言事。同事们非常惊讶,有人说:"王御史是等待时机才发言,发言必然是大事。"

一天,听说王御史给皇帝上了一书,大家一打听,是批评御膳中有一根头发。上书报告这样写道:"皇帝吃饭是何等庄严肃穆,可是忽然发现一根卷着的头发。"

萝卜对

东家供给先生的饭菜很差,每顿饭只有一道萝卜菜,先生怨恨而不明说。

有一天,东家请先生吃便饭,打算考考学生的功课。先生预先嘱咐学生道:

"在你父亲的酒席前,若是要你对对子,你只管看我的筷子夹什么东西,就用什么东西来对他。"

学生连连答应。

第二天,摆了席,请先生坐在上座,学生坐在旁边。这时,东家开口了:"先生每天费心,想必你的学生的功课,天天都有进步吧?"

先生说道:"若是对对子,还可以。"

东家说道:"我出两个字的对子让学生对:核桃。"

学生望着先生,先生拿筷子夹萝卜,学生对道:"萝卜。"

东家摇了摇头,说道:"不好。"接着又出一个是:"绸缎。"

先生又用筷子夹萝卜,学生对道:"萝卜。"

东家道:"绸缎怎么能对萝卜?"

先生说道:"'萝'是丝罗之罗,'卜'是布匹之布,有什么不可以呢?"

东家抬头一看,望见隔壁东岳庙,于是又出了一个:"鼓钟。"

先生又用筷子夹萝卜,学生又对萝卜。

东家说道:"这更对不上了。"

先生说道:"'萝'是锣鼓之锣,'卜'是铙钹之钹,有什么不可以呢?"

东家说道:"勉强得很。"于是又出了个二字对:"岳飞。"

先生又夹萝卜,学生还是对萝卜。

东家说道:"这更使不得。"

先生说道:"岳飞是忠臣,萝卜(罗布)是孝子,有什么不可以呢?"

东家发怒道:"先生为什么总用萝卜让学生对呢?"

先生也大怒道:"你天天叫我吃萝卜,好容易请客,又叫我吃萝卜,我眼睛看的是萝卜,肚里装的也是萝卜,你为什么倒叫我不教你儿子对萝卜呢?"

狗　咬

有个人问叫花子道：

"狗为什么看见你们就要咬呢？"

叫花子答道：

"我若是有好衣帽穿戴，这狗东西也会敬重我的！"

嚼嘴狗官

有一个新官刚刚到任，就向老百姓要这要那。他摊派每一个里长要交一百只狗，限定在三天内交齐。有一个里长东奔西走，好不容易才买到九十九只，还缺一只，再也没法子凑齐。里长心生一计，买来一只羊，锯断羊角，混在九十九只狗当中充数。这个新官看到那只羊的嘴巴不停地动，就问："这只狗为什么老是动嘴？"里长答道："这只狗等吃等了三天，现在正在嚼嘴呢。"新官听了连连称赞："好狗！好狗！"里长说："它的确是一只好狗，它还能管住那九十九只狗，所以这只动嘴的狗也算是个狗官。"

五大天地

有个官员，喜好饮酒，对政事吊儿郎当，贪财害民，百姓对他恨之入骨。临卸任时，公众送了一块德政匾来嘲讽他，上面写着"五大天地"。

这个官员问道："这四个字是什么用意？让人不懂。"

众绅士、百姓齐声答道：

"官一到任时，金天银地；

官在内署时，花天酒地；

坐堂听断时，昏天黑地；

百姓含冤时，恨天怨地；

如今交卸了，谢天谢地！"

不会磨墨

一个富人的儿子去考试,父亲事先拿儿子测试了一下,成绩很好,满以为一定能够考取了。不料榜上竟没有他的名字。

父亲气极了,赶到县里找县官问缘由。县官调来他儿子的考卷一看,卷子上只有一层淡灰色的薄雾,却看不清上面写着什么。

回到家里,父亲就叫儿子跪下,责问道:"你怎么把考卷写得叫人家看也看不清?"

儿子回答说:"考场里没人替我磨墨,我只得在砚上蘸着水写,所以字就淡得看不出来了。"

大奶奶属牛

有个县太爷名叫艾开尤,绰号"爱揩油"。在他五十寿辰的时候,亲戚朋友都送来厚礼,前来拜寿。

县府中那些差吏,听说县太爷要做寿,都想表示一点意思,讨个欢心。他们私下筹划商议,听说艾老爷属老鼠,就凑了一些碎金铸成了一只金老鼠,作为寿礼送给县太爷。艾开尤一见黄灿灿的金鼠,立即眉开眼笑,对这些手下人着实夸奖了一番。最后,他还特意提醒大家道:"你们可知道,过不了几天,就是大奶奶的生日了。别忘了,大奶奶是属牛的。"

剥地皮

有个贪官,任期已满,回到家中,看见家里多了一个老头儿,问他是什么人,老头儿答道:

"我是你管的那个县的土地爷。"

"为什么来到我家?"贪官问道。

土地爷答道:

"那地方的地皮都被你剥了来,我无处去,叫我怎么能不跟你来呢?"

案子断颠倒了

某个地方,本来是庄稼人的,后来被常土司霸占了。阿智看见自己的地上长着土司家的秧子,越瞧越辛酸,越瞧越起火,牙齿一咬,就把赶着的羊吆到荞地里去,把荞籽吃得一干二净。常土司晓得了,硬要阿智赔他的荞籽。阿智说:"老爷,你家的羊吃了你家的秧子,反倒要我赔?好好好,我赔你就是。"

晚上,阿智拿几条大口袋到山上,把常土司家打好的秧子背了几口袋回来。第二天一早就送到常土司家去。常土司摸摸秧子,斜着眼睛问阿智:"咦?这些荞籽这样好,沉甸甸的,怕是偷了我的来还我吧?"阿智说:"老爷!你家的荞籽是沉甸甸的,我的荞籽也是沉甸甸的;你家的秧子是三角形,我的也是三角形,你咋不说是你偷了我的呢?"土司瞪着眼答不出话来,就把阿智拉到县府去告状。

县官看见常土司跟个牧羊佬来打官司,问都不问,就断土司为赢,阿智为输。阿智听了,一面叫"多谢,多谢",一面转过身子来,把屁股对着县官磕头。县官几乎气昏了,拍着桌子大骂:"你是什么东西,敢用屁股对着本县官磕头!"阿智丝毫不怕县官那股臭威风,他大声说:"你县官断案断颠倒了,我磕头也要颠倒磕才合你县官的理呀!"

诙谐类

邢矮子

邢进士身材矮小,曾经在鄱阳湖遇到强盗,强盗拿了他的钱财,又打算杀了他,以除后患。正要举刀,邢进士以风趣的口吻对强盗说:

"人们已经叫我邢矮子了,若是砍掉我的头,那不是更矮了吗?"

强盗不觉大笑,放下了刀。

和炒面

隋朝初年,有个同州人背着炒面到京城去卖。走到渭河边,当时正是隆冬,天气寒冷,河面结冰。这时他饥肠辘辘,想吃些炒面充饥。炒面得用水调和,于是他找来一块石头,把冰砸了个脸盆大小的窟窿;打算取水和炒面。他忽然想起没有带碗来,还是不能和炒面。他眼睛盯着圆圆的冰窟窿出神,心想:

"难道没有碗就吃不成了吗?活人还能让尿憋死?这圆圆的冰窟窿,不是跟碗一样吗?"

于是他便把炒面往冰窟窿里撒,不大工夫,把背来的一布袋炒面全撒光了,也没和成炒面。他觉得奇怪,只是唉声叹气,终究弄不清楚是什么原因。过了一阵子,炒面散尽,水清如镜,照见他的身影。他见水中有人,于是惊呼道:

"偷我炒面的就是这个人!这贼贪心不足,还仰着脸看我。"

说罢,拿起刚才砸冰的石头,狠劲地向水中砸去,河水混浊,人影消逝,他于是生气地说道:

"这贼刚才还在这里,他能跑到哪里去呢?"

他走到岸上,也没有找到贼,只好装了一布袋沙子背着回家了。

让鼠蜂

老鼠与马蜂结为兄弟,请一个秀才去主持它们的结拜仪式。秀才不得已,只好去了。鼠、蜂让秀才排行第三。

有人问秀才:"你为什么屈居在老鼠与马蜂之下,排行第三?"

秀才答道:

"它们两个,一个会钻,一个会刺,我哪是它们的对手呢?只得让它们些喽。"

孙的下边才是你

有一天,两个买卖人住到同一个客店里。一个问:"老兄贵姓?"另一个说:"姓李。贤弟贵姓?"那人说:"免贵姓孙。"姓李的一听,唉声叹气。姓孙的问他为啥叹气,姓李的"嘿嘿"一笑说:

"大哥姓孙实不当,

当初何不改姓王?

开口比人小两辈,

姓儿也比姓孙强。"

姓孙的一听好恼:你这家伙,初次见面就作歪诗奚落人,我也不客气了,随口说:

"贤弟你莫心欢喜,

我姓孙来你姓李。

百家姓里查一查,

孙的下边才是你。"

抄近路

张三上街赶集爱抄近路,时间长了,把李四地里踩出一条小路。李四很生气,用镢头把张三踩的小路挖了一溜儿坑。张三见了,对李四说:"李大哥,我看见一个稀罕事:谁家的驴尥蹶子,把你家地里刨了一溜儿坑!"

李四听了笑笑说:"这算啥稀罕。有个小孩儿才稀罕哩:他出生时,从他娘肚脐眼儿里爬出来啦!"张三问:"真有这种稀罕事?"李四说:"可不是嘛,那小孩儿爱抄近路。"

剖马肝

有位客人说,马的肝脏有剧毒,能毒死人,所以汉武帝曾经说过:"文成是吃了马肝死的。"

迂公听到了这话,笑着说道:

"客人,你说的是哄人的话吧?肝生来就在马肚里,马为什么不死呢?"

客人开玩笑地说道:

"马之所以活不到一百年,就因为它有肝脏的缘故啊。"

听了客人的话,迂公恍然大悟。他把家里喂养的马,剖开腹部,取出肝脏来,马立刻就死了。迂公放下刀子,感叹地说道:

"人家说的话,可靠得很,马肝就是有剧毒啊。去掉肝脏,马还不能够活,更何况留下肝脏呢?"

妙 计

某剧团的须生演得不好,演《火烧新野》时便从外地请来个须生演诸葛亮,叫本团须生演赵云,本团须生很不服气。

开戏了,诸葛亮上场唱一阵子就开始调兵遣将,命赵云说:"子龙听令,你带三千人马埋伏道旁,但见东山火起,率兵杀出,不得有误!"赵云叫声"得令",本来该下场了,可他不下,拱手上前又加了一句台词:"啊,军师,假若那东山不起火,末将又当如何?"演诸葛亮的一听,知道演赵云的在故意捣蛋,就笑呵呵地说:"子龙,附耳上来。"赵云附耳上去,诸葛亮小声说:"你不要脸,滚吧你!"演赵云的很生气但又不能发作,只得强装笑脸拱手说:"军师妙计!"转身下场了。

哪个大臣不戴帽

从前有个书生不认识"宦"字,就请教哥哥。哥哥说:"这不是大臣的'臣'字吗?真笨!连它也不认得。"弟弟想了想说:"不对,我记得'臣'字上面没有那顶帽子。"哥哥怒道:"你就没看过戏吗?哪个大臣不戴帽!"

矮坐头

迂公家里有一个坐凳,很低矮。迂公每次坐,必定拿瓦片支起它的四只脚。后来深感费事,忽然想了个法子,把家人叫来,将坐凳搬到楼上坐。等到坐的时候,还像原来一样低矮,于是说道:

"人们都说楼高,不过徒有虚名罢了。"于是命人把楼拆毁。

岂有此理

有个人热心学习语言,听人说"岂有此理"一词,心里很喜欢这个词,并时常温习。有一回,他由于过河忙乱,忽然忘记,在船上转来转去地寻找。

船家问他道:"你丢失了什么东西?"

他答道:"是句话。"

船家惊奇地说道:

"话也能失落?岂有此理!"

那人喜出望外地说道:

"你拾到了,为什么不早说呢!"

合本做酒

有甲、乙两人,合本做酒,甲对乙说道:"你出米,我出水。"

乙问道:"米都是我的,酒做成后怎么算账?"

甲说道:"我决不做亏心事,到酒熟的时候,只把水滗出来还我就是了,其余的都是你的。"

小鱼大眼

某甲到某乙家做客,乙为甲准备了鱼作为晚饭。乙把大鱼留给了自己吃,给甲端去的却是非常小的鱼。甲在吃鱼的时候发现了一个非常大的鱼眼珠,于是知道是乙故意给自己吃小鱼,便戏弄乙说想要乙家的鱼来当鱼苗放在自家池塘里养。乙很吝啬,便连忙拒绝说自家的鱼小,不好。这时甲夹起那个大的鱼眼珠说:"鱼虽小,可眼大啊!"

七十三八十四

有一家请客,很小气,当招待宾客的时候,背着客人嘱咐仆人道:
"你不要浪费酒,听我敲一下桌子,你就出来倒一次酒。"
主人跟仆人的对话,不想被客人听见了。饮酒中间,客人故意问道:
"您母亲今年多大岁数了?"
"七十三岁了。"
客人敲着桌子感叹道:

"难得,难得!"

仆人听见敲桌子的声音,走上前给客人倒酒。过了一会儿,客人又问道:

"您父亲今年多大岁数了?"

"八十四岁了。"

客人又敲桌子道:

"更加难得,更加难得!"

仆人又出来倒酒。过了一会儿,主人发觉是计,就生气地叱责客人道:

"你也甭管他七十三、八十四,你也喝得够了!"

市中弹琴

有位弹琴的好手,在街头弹琴。市民以为弹的是琵琶、三弦之类的乐器,来听的人很多。当听了琴声后,觉得清淡、无趣,都不喜欢听,陆陆续续地走了,只剩下一个人还站在那儿,琴师看见大喜道:

"好啦,总算还有一个知音。有你听,对我也算是个很大的安慰,没有辜负我多年练琴的一番苦心。"

那个人说道:"若不是这搁琴的桌子是我家的,我在这儿等着拿回去,那我也早走多时了。"

破网巾

有个人的网巾,十分破烂,有人见了,对他说道:"你的网巾破得太不像样了,为什么不修好了再戴呢?"

那人愤怒地答道:

"你想叫我费了钱,却图你们好看!"

祀灵山河伯

齐国大旱,景公打算去祭祀灵山,晏子劝道:

"不可以。灵山是把石头当作自己的身体,把草木当作自己的头发;天很久不下雨了,头发将要枯焦,身体将要发烧,难道灵山就不想下雨吗?祭祀它又有什么益处?"

景公说道:

"那么祭祀河伯可以吗?"

晏子说道:

"不可以。河伯是把水当作国家,把鱼鳖当作人民;天很久不下雨了,千百条河流将要干涸,国家将要灭亡,人民将要死亡,难道河伯就不想下雨吗?祭祀它又有什么益处?"

"川"字

有个教书先生,只认识一个"川"字,看见学生递过书来,打算寻个"川"字教他。一连翻了好几页,也寻不见"川"字,急得先生满头大汗,忽然看见一个"三"字,又是喜,又是怒:喜的是终于找到了;怒的是寻了大半天寻不见,于是指着"三"字骂道:

"我到处寻你,寻不见,原来你倒躺在这里!"

千手观音

有个理发师刚开始学剃头的时候,有一次给人剃头,每割破一处,就用手指头按住,随后割破的地方多了,按也按不过来,就发牢骚地说:

"原来剃头这么难,须有千手观音才能应付!"

隐身草

有个人在路上行走,别人给他一株草,名叫"隐身草",说是拿了这株草,旁人就看不见。这人信以为真,拿着这株草,在街上拿了人家的钱就跑。钱主用拳头打他,他说道:

"不管你怎么打,反正你看不见我。"

疮 痛

有个人腿上长了个毒疮,疼痛得厉害,叫喊不止。忽然想了个法子,在墙壁上挖了个洞,把腿放在洞里。有人问他道:

"你这是什么意思?"

病人皱着眉头说道:

"这疮长在我的腿上,我痛得忍不住,所以在墙上挖个洞把腿伸过去,也让它到别人家去疼疼。"

戴笆斗

有个躲债的人,一次有事出门,恐被债主发现,就顶了个笆斗走路。一个债主认出了他,用指头弹着笆斗说道:"你答应给我的钱,怎么样了?"

他随口答应道:"明天。"

随后下雨,大雨点像铜钱般砸了下来,笆斗上噼里啪啦地乱响,那人以为又是要债的人在上面敲打,心慌意乱,口里应道:

"明天,明天,一概都是明天!"

鸡

从前有个山庄,里面有只跑得特别快的鸡,这只鸡跑得比任何动物都快。山庄的主人经常很自豪地吹嘘,说他家的小鸡是跑得最快的。

后来来了一个很有钱的外国人,对这只鸡情有独钟,就对山庄的主人说:"我给你20万,你把这只鸡卖给我。"

山庄的主人说:"我不卖。"

那个外国人又说:"50万。"

山庄的主人很不情愿地说:"我不卖。"

外国人听了之后就急了,说:"100万!"

山庄的主人听了之后有点心动,可还是说:"我不卖。"

外国人生气地说:"一只鸡,给你100万你都不卖,你是不是脑子有问题啊?"

最后,山庄的主人很无奈地说:"追不上……"

吏人立誓

有个官吏,贪赃枉法,被判了刑,遇到大赦,被放了出来。因此这个官吏发誓,从此后,再不接人钱财,如再接了人家的钱财,手上就生恶疮。

过了不久,有个打官司的送来钱,想使自己打赢官司。那个官吏见到钱,手就发痒痒。又想接,又不敢接,怕犯了誓言。总而言之,很难用手去接。过了一会儿,他想了个好办法,于是说道:"你对我如此殷勤,不收吧,怕辜负了你的一片诚心,这样办吧:你且把钱放在我的靴筒里。"

跌

有个人忽然跌倒在地,刚站起来又跌倒了,于是说道:"早知道还有一跌,倒不如干脆不起来好了。"

兄弟合买鞋

兄弟二人,凑钱买了双靴子,商量好合穿。靴子买回来后,弟弟白天穿着走路,哥哥捞不到穿,很不甘心。于是,他在夜间穿着靴子走路,一直走到天亮,没有时间睡觉。没几天,靴子破了,弟弟对哥哥说道:

"再合买一双新的吧!"

哥哥皱着眉头说道:

"不买了,自从买了靴子后,耽误了我睡觉,还是让我好好地睡睡吧!"

撵不走的麻雀

一个爱占小便宜的人,常在别人家白吃白喝,吃了上顿等下顿,住了两天住三天。一次,他在一户人家白吃了三天后,问主人:"今天弄什么好吃的呀?"

主人想了想,说:"今天弄麻雀肉吃吧!"

"哪来那么多麻雀肉呢?"

主人说:"先撒些稻谷在晒场上,趁麻雀来吃时,就用牛拉上石磙一碾,不就行了吗?"

这个爱占便宜的人连连摇手说:"这个办法不行,还不等石磙过来,麻雀早都飞跑了。"

主人一语双关地说:"麻雀是占便宜占惯了的,只要有了好吃的,怎么碾(撵),也碾(撵)不走的。"

高帽子

从前,有两个学生出外做官,一同去向老师告别。老师对他们说道:"当今这个世界,直性子是行不通的,逢人送顶高帽子,就可以了。"

其中一个学生说道:

"老师的话是不错的,现今世界,像老师这样不喜欢戴高帽子的人,能有几个呀!"

老师听后大喜。二人告辞走了出来,这个学生对另一学生道:

"高帽子已经送出去一顶了!"

蓝二骂田

有个叫蓝二的懒汉,提起种田,他早晨怕露水湿脚,中午怕太阳晒脸,傍晚又怕蚊虫叮咬。秋天,他看到人家田里快成熟的庄稼一片兴旺,自己的庄稼都躲在杂草丛里不露头。他气愤极了,站在田头,又是跺脚又是骂:

"田呀田,你这个没良心的,要说你怕痛,我从来没在你身上踩过;要说你怕晒,我让密密层层的杂草把你遮得好好的;要说你怕脏,我没给你泼一点粪；要说你怕湿，我从来不给你灌水……你说，你说我蓝二哪一点对不起你哟？你偏不给我长庄稼！"

下雨天留客天

有个人到朋友家去。一连下了几天雨，他就连住了几天。主人很不高兴，当面说又不大好意思，就留了张字条给他，上面写道：

"下雨天留客天留我不留。"

字条没加一个标点符号。实际上，主人的意思是："下雨，天留客；天留，我不留！"

这个人看完字条，拿笔在这句话上加了标点符号，就成了："下雨天，留客天，留我不？留！"

相法不准

有个人问看相的人："你以前的相法十分灵验，然而现在的相法，为什么一点也不灵验？"

看相人皱着眉头说道：

"现在的相法跟从前的有所不同：从前的人，凡是遇见方面大头的，注定荣华富贵；但是，现在遇见方面大头的，反而受歧视。只有尖头尖嘴的，因为专会钻营，倒能富贵。你叫我如何相得准呢？"

较 岁

有一人刚养个女儿，有人来说媒，男方只有两岁，那个女儿的爸爸一听，怒不可遏地说道：

"我的女儿一岁，他的儿子两岁，假若我的女儿十岁，他的儿子就二十岁了，怎能许配这样的老婿？"

妻子听后说道：

"老糊涂，你说错了，我的女儿今年一岁，明年便跟他的儿子一般大，为什么不许配呢?"

雁过拔毛

有个人爱占便宜,整天守在家门口,见行人路过,就死皮赖脸地去讨一点,哪怕是一个蒜头,一根大葱,也是好的。时间一长,行人都互相告诫,谁也不愿从他家门前走了,宁可绕道而行。

一天,有个农夫拿了块砂石回家。农夫认为没啥关系,就从他家门前走过。他见了当即唤住农夫,急忙去厨房里取出一把菜刀,在砂石上磨起来了。一直磨到菜刀很亮,他才挥手说:"走吧!"

嘲客久住

有个客人到朋友家,住了很久也不说走,主人嫌弃。有一天,主人领着客人到门外闲望,忽然望见树上有一只鸟,有鸡那么大,主人说道:"你等一下,让我拿把斧头,砍倒这棵树,捉住这只鸟,好给你下饭。"

客人说道:"只恐树倒了,鸟也就飞了。"

主人说道:"你不知道这呆鸟,往往树倒了,它还不知道飞。"

不咸的盐

有人煮了一锅汤,拿勺子舀起来尝了尝味道,觉得盐放得不够,就再放了一些。然后又拿起原先舀在勺里的汤再尝了一尝,说:"盐还是放得太少。"于是他又放了一些盐。

他这样尝了好几次,也放了好几次盐,但仍觉得很淡,于是他奇怪起来了,说:"为什么这盐一点也不咸呢?"

煮竹席

北方人到南方去,南方人请他吃笋。他问:"这是什么?"南方人回答说:"是笋,长起来便是竹。"这人回到家里,想着竹席既然是竹做的,也可以吃,便把床上的竹席拿来煮,煮来煮去却煮不熟。他恼了,就跟妻子说:"南方人真滑头,专门戏弄别人!"

不能怪狗

杨朱的弟弟杨布穿着一件白衣服出门去。天下雨了,淋湿了他的衣服,他便脱下外面的衣服,露出里面的黑衣服回家来。他的狗不认识他了,便对他狂吠。杨布大怒,就要打那只狗。杨朱见了说道:"你不要打它,你也会这样。当初如果你的狗出门时是白的,回来时却变成黑的了,难道你能不觉得奇怪吗?"

骗 吃

有一次,侯白与同伴一同到京外去,路上碰见一个贵公子出门打猎。这贵公子身后跟着许多人马,打着鲜明的旗帜,载着七七八八的什物,还携带着酒菜。

侯白对他的同伴说:"我们已经很饿了,必须把这人带的食品拿点来吃吃。"

大家说:"他是贵公子,我们又不认得他,怎能吃到他所带的食品?"

侯白说:"包在我身上,你们跟我来。"

侯白马上赶上去,问那贵公子:"你手臂上停着的鸟叫做什么?"

贵公子说:"叫做鹞子。"

"它有什么用处?"

"它会捉喜鹊,捉鹌鹑。"

侯白故意装出惊奇的样子说:"倒不知道有这个用处。我们庄上树林里有鹞子三四窠,小鸟恐怕已经孵大了,总没法弄到手。既然有这个用处,我回去定要养几只了。"

贵公子听了大喜,说:"你们庄上离这里多远?"

侯白说:"二十多里。"贵公子要他马上一同去。

侯白说："我们一早出来,肚子已经饿了,走不动了。"

贵公子就把所带的食品给他吃,连侯白的几个同伴也都吃了一个饱。

这时,贵公子的鹞子正发声鸣叫,侯白就说:"我们庄上的鹞子,身体大小,倒都跟你的差不多,就是叫的声音却有些不同。"

贵公子就问他:"那里的叫声怎样?"

侯白说:"它的叫声是'求赦鸠'(求吃酒)。"

这原来是郭公鸟的叫声。贵公子到这时才知道上了当,只得恨恨地走了。

一个手指头

有三个读书人上京赶考,路过一处高山,听说这山上住着一位"半仙",能推算一个人的功名爵禄。于是便上山去求教。半仙见来了三个人,便紧闭双目,端坐不动,听三人说明来意后,便马上伸出一个手指头,闭口不言。三人不解其意,请他做解说。半仙摇头说:"此乃天机,怎可泄漏。"三人无奈,只得下山而去。当晚,半仙的徒弟悄悄问师父:"你白天对三人只伸出一个手指,究竟是什么意思?""笨徒,这个诀窍你还不懂吗?告诉你吧,来者共有三人,如果一个考中,那一个手指就表示只考中一个;两个考中,那一个手指就表示其中有一个没考中;三个都考中,那个指头就表示一齐都考中,三个都没考中,那一个指头就代表一道都落榜了。"

卖核桃

有个老头儿上街去卖核桃,半天没有发市。

这时候,街那边来个卖枣的,走着吆喝着:"卖枣啦!大枣小核儿,小枣没核儿。先尝后买,快来买呀!"不一会儿,两筐枣就卖完了。

卖核桃老头儿也学着卖枣的吆喝开了:"卖核桃啦!大核桃小仁儿,小核桃没仁儿。先尝后买,快来买呀!"

聪明的悲哀

有一家养了一头牛。一天,牛把头钻进瓦罐里吃粮食,拔不出来了。全家急得没办法,便把孩子的舅舅请来出主意。

舅舅走来一看,说:

"这有何难,把头割下来!"

外甥听了舅舅的话,便把牛头割下来,可是头还在瓦罐里拿不出来。于是又请舅舅想办法。

舅舅想了一会儿,拍着大腿说:

"好办!把瓦罐砸了。"

外甥又照办,砸碎了瓦罐,牛头果然出来了。

全家人都夸舅舅有办法,舅舅心里十分得意。可是过了一会儿,却见舅舅突然大哭起来,大家都感到不解,问舅舅为何大哭。舅舅一把眼泪一把鼻涕地说:"我年纪已经这么大了,还能活几天!将来我一旦死了,你们若是再遇到为难之事,可找谁去出主意呀!"

吸烟有理

一天刮大风,一个人在路上走着走着,烟瘾上来了。他掏出一盒火柴,迎风划火,一边划一边给自己立下规矩。

"抽烟不过三,过三不抽烟!"

三根火柴划过了,烟并没有点着,于是他大声说:"抽烟不过七,过七我不吸!"

又划了四根火柴,烟还是没有点着,他轻声安慰起自己来,说:

"管他三七二十一,啥时点着啥时吸!"

想喝水

有个卖包子的,叫儿子带一篮包子去街上卖,交代说:"卖五个钱一个。"儿子问:"四个钱一个卖不卖?"他爹说:"四个钱一个还不如自己吃哩。"儿子到街上喊:"热包子,五个钱一个!"买主不还价,他就卖;买主一还价,他就不卖,就自己拿着吃。结果,一篮包子卖一半,吃一半。

儿子到家,他爹数数钱不对,问:"咋少一半包子的钱?"儿子说:"卖一半我吃一半。"他爹说:"卖包子谁叫你吃哩?"儿子说:"有些人想四个钱买一个,我不卖。你说四个钱一个还不如自己吃哩,我就吃了。"他爹气得把他骂了一顿。儿子傻愣着,不知错在哪儿。他爹说:"你愣那儿想啥哩?"儿子说:"我渴,想喝水。"

竹椅换鳖

一个富家子弟好吃懒做,把家产都花光了,只剩下两把破竹椅子。

这一天,见到有人叫卖鳖,他很想吃,但又没有钱,便用一把椅子换了两只鳖。卖鳖人又随手把椅子卖给了邻居。

邻居知道他家还有一把椅子,想配成对,就叫卖鳖的再去换。富家子弟一听,急得直跺脚,说:"唉!你为什么不早点来,那把椅子刚刚被我劈碎煮鳖了。"

挨打感恩

有个商人官司打输了,要打他八十大板。他怕受不了,掏五两银子觅个醉汉当替身。

醉汉挨到五十大板,实在受不了啦,把商人给他那五两银子送给打板子的衙役,求人家手下留情。衙役收了银子,板子高举轻落,马马虎虎打够了八十大板。

醉汉捂着屁股一瘸一拐地走出县衙,找到那个商人,很感激地说:"我的大恩人哪,要不是你给我那五两银子,今儿个我就没命啦!"

"难难他"

从前有一个秀才,他自以为很聪明,常常要出一些难题去刁难别人,显示自己的本领。

有一天,他骑了马出去春游。走到一处,看见有一个农夫正在田里插秧,他就勒住马问道:

"喂!种田的,你从早起到现在,插了几墩秧?"

农夫被他这一问,竟呆住了,吞吞吐吐地说:

"这倒说不上来。我只顾不停地插,从来也没有数过。"

"哼,真是木瓜!"秀才轻蔑地说,"亲手插的秧,怎么连数目也不知道呢?"说完,抖抖缰绳,嘚嘚地跑开了。

农夫无缘无故被秀才羞辱了一下,心里很生气。他回到家里,就把这事告诉自己的妻子。他的妻子是一个聪明人,听了这话说:

"明天如果他再来,你就反问他:你骑着马从早晨走到现在,可知道走了多少步,看他能不能回答!"

农夫一听,高兴得拍着大腿说:"对,也让我难难他!"

第二天,秀才骑着马从原路回来。他看见农夫还在那里插秧,又勒住马,得意地喊道:

"喂!插秧的,今天你能回答了吧?从早晨到现在,你插了几墩秧?"

农夫因为预先有了准备,不慌不忙地回答说:

"秀才先生!对不起,我是有规矩的:逢单日只许人家问我,不许我问人家;逢双日就反一反,只许我问人家,不许人家问我。今天正好是初四,还是让我来问问你吧!"

秀才一想,自己经、史、子、集读过不少,天文、地理也略知皮毛,有什么问题不能回答呢?就大模大样地说:

"你要问尽管问。你不知道的,我还能不知道吗?"

农夫说:"你骑着马从早晨走到现在,一共走了多少步?"

这个问题,秀才哪里答得上来,他羞得满面通红,结结巴巴地说:"这个……这个,我倒没有数过……"

农夫顿时哈哈大笑说:"可见木瓜不只我一个,还有人和我配对呢!"

秀才气得要命,咬牙切齿地说:

"我不相信你有这样好的头脑,一定是人家教你的!"

农夫说:"这和你有什么相干?反正又不是秀才你教我的,是老婆教我的!"

秀才是一向瞧不起女人的。他一听这话,更加不服,怒气冲冲地说:"哼,女人能有多少学问?不是我吹牛,我只要用半张嘴,就能斗过她们!"

农夫冷笑一声说:"那么,你试试看吧!"

秀才一心要争回自己的面子,就问明了地址,骑着马到农夫家里去了。他为了要显本领,用一张膏药把自己的嘴巴封住一半。

他到了农夫家里,看见农夫的妻子正在烧菜。他一脚踏在门槛里,一脚踏在门槛外,问农夫的妻子说:

"聪明的大嫂,你知道我现在是要进来,还是要出去?"

农夫的妻子把他上下打量了一番,知道他就是那个专门刁难老实人的秀才,拿起砧板菜刀,反问道:

"秀才先生,你知道我是要切菜,还是要切肉?"

秀才回答不出,只好转变话题。他四面一看,问道:

"大嫂,你丈夫怎么不在家?"

农夫的妻子说:"他耕田去了。"

"在哪里耕田?"

"在灶梁头耕田。"

秀才一听,故意大惊小怪地喊道:

"大嫂,不好了!牛屎从灶梁头滚下来,落到饭锅里去了!"

农夫的妻子不慌不忙地回答道:"不要紧,这头牛屁股上贴了膏药,不会随便拉屎的!"

一句话把秀才羞得满脸通红。他连忙把贴在嘴上的膏药撕下来,丢在地上。农夫的妻子见了,又说:

"秀才先生,我的丈夫就要回来了,他是最讨厌你们这种人的。你快走吧!"

秀才莫名其妙地问:"为什么现在就回来?"

农夫的妻子笑着说:"你不知道吗?那头牛把屁股上的膏药弄掉了,再耕下去,在灶梁头拉起屎来怎么办?"

一句话把秀才说得哑口无言。他知道再纠缠下去也讨不到便宜,就一溜烟儿地逃走了。

啮 鼻

甲与乙打架斗殴,甲咬下乙的鼻子,双方告到官府,官吏询问事情经过。甲说是乙自己咬下自己的鼻子的,官吏认为这是不可能的事情,问他是怎么咬掉自己的鼻子的,甲回答说乙站到床上去就能咬到自己的鼻子了。

一回生二回熟

骄阳似火,西瓜销售量急增。

一个摊主兴高采烈地吆喝:"先生,买个瓜吧!小姐,买个瓜吧,包熟包甜!"这时走过来一个人,怒斥道:"尽瞎吹!我昨天买你一个瓜,就是生的!"

瓜摊主忙说:"这回再买肯定就不会了,俗话说得好,一回生,二回熟嘛!"

晒　　书

从前,有一个人自以为才高八斗,满腹诗书。为了向别人显示自己的才华,便将自己的上衣脱掉袒胸露腹躺在烈日下。一个人见了感觉很奇怪,便询问其缘故。这个自以为是的人答道:"晒书。"

仨同年"扯大炮"

从前,有三个同年人经常聚在一起谈天说地。有一次,其中一个同年提出:"今日仨同年来个'扯大炮'比赛,看谁扯得最响、最生动,比输的就出钱请客好吗?"另外两个同年连声说好。

接着仨同年就扯起"大炮"来了。开头一个同年说:"我阿公有一日上山打猎,脚底穿进一根刺,他把这根刺取出来做柴火,烧熟了三窑石灰。"

第二个同年说:"我阿婆出嫁时,用胭脂化妆,用完三条大船装来的胭脂,才化好一个鼻尖。"

以上两个同年扯的"大炮"真够响,够生动了。轮到第三个同年怎么也想不出更响的"大炮"来,只好认输,回家拿钱请客。

这位同年回到家中闷闷不乐,他老婆问他为何发愁,他就把刚才仨同年"扯大炮"的事,一五一十讲给她听。他老婆听后安慰他说:"蠢货,你愁什么呀,快去安心睡一觉,你同年来了由我来对付。"

过了一阵,那两位同年就上门来了,进屋就问:"同年嫂,同年哪里去了?"同年嫂一本正经地说:"别提了,刚才他上床睡觉,不幸被虱子蹄踢断三条肋骨,还躺在床上起不来呢!"两位同年听后不禁捧腹大笑,同声说:"算了,算了,请客的事,有同年嫂扯的这个'大炮',就算他赢了!"

追赶兔子

清末,山东临清(今河北省临西县)某村,有个叫罗竹林的庄稼人,滑稽多智,方圆百里闻名。

某年,他去北边的直隶冀州(今河北省冀县)一带打短工。一天,走了好多路,饥饿难熬。遇到个财主家的大少爷带着一帮人,牵狗架鹰出来打猎。几个随从抬着馍馍挑着肉。罗竹林上前说:"你们直隶和我们山东怎么不一样?我们那里,打猎的见了兔子只用人追赶,不用猎狗不用鹰。"

大少爷说:"胡说,人追赶得上吗?"

罗竹林说:"可惜我饿了,不然我就追赶一只叫你们看看。"

大少爷就请罗竹林吃馍馍和肉。罗竹林吃饱了,刚好草窝里钻出一只兔子,就说了声:

"现在看我的。"但他刚追了几步,那兔子就窜得不见踪影了。

大少爷生气了:"你怎么追赶不上?"

罗竹林笑道:"我们那里的兔子跑得慢,能追赶上,你们这里的兔子跑得这么快,怎么追?"

"王"字驮在"马"上

隋唐时有马、王二人,相交甚笃,平时在一起相互开玩笑,以此为乐。这天二人一起饮酒,姓马的嘲笑姓王的,说:"你原来不姓王。"

"那我姓什么?"

"原本你姓'二'。"

"怎么姓了王呢?"

"因为你到处乱跑,所以给你的鼻子钉了一个'丁'字,你就姓了'王'。"

姓王的听过之后,知道他是拿自己的姓取笑,于是眉头一皱,计上心头,说:"你当初也不姓(马)。"

"那我原来姓什么?"

"你原来姓'匡'。折了你的尾巴不算,背上还背着一个姓'王'的。"说罢二人相对大笑。

"跃"也非"跳"也

从前,有一位读书人,他在当学生的时候,老师告诉他:"'跳'就是两足平地而起,'跃'就是一足在前,一足后蹬。"他把这两个字记在心头,可是,始终没有用过。

到他六十多岁的时候,有天下乡去赶集,遇到一条小河沟。他寻思了很久,不知怎样才能过去。正巧这时有位老农民走过来,念书人便立刻前去讨教。农民告诉他说:"跳一步就过去了。"他心想:"跳者,两足平地而起也。"于是,他就两足并立,同时跳起。结果掉到河沟里了,弄得浑身是泥水。念书人爬起来后,气愤地责问农民。农民心平气和地回答道:"你应该一足在前,一足后蹬才能跳过河去。"念书人不觉大怒道:"一足在前,一足后蹬,'跃'也非'跳'也!"

弹棉花的

某村,有天来了个弹古筝的,大家围拢来听。一曲终了,抬头一看,听众竟跑走了。只有一位老太太流着眼泪在静听。

弹筝的不解,为何只有一个知音。问道:"老大娘,你为何不走啊?"

老太太答道:"听先生弹琴,使我想起我那死去的老伴来了!"

弹筝的心想,我的琴声竟能打动人心,得意地问道:"怎么使你想起老伴来呢?"

老太太答道:"不瞒先生,我的老伴活着的时候,是弹棉花的。"

不留饭

甲去乙家做客,一直待到晌午。甲很饿,但乙还是没有留甲在家吃饭的意思。这时乙家的公鸡正好啼叫。甲急中生智地说:"鸡都知道是晌午了。"可乙却说:"我家的鸡时不时就啼叫,它报时不准。"可没想到甲却说:"可向来我肚子是准时叫的。"

酒 酸

从前有个人到路过的酒家喝酒,喝了一口却发现酒是酸的,便问店

主酒为何酸。店主很生气,便让几个伙计把这个人吊了起来。这时又来了一位喝酒的客人,不明白为什么店主将先前的人吊起来,就向店主询问缘由。店主说:"我这店里的酒都是上等好酒,没想到这个人喝了之后却说酸,你说是不是该吊?"听完店主说的话,第二个人便要求端上一杯尝尝。

喝了一口,觉得真的好酸,便无奈地对店主说:"我看你还是放了他,将我吊起来吧!"

阿凡提的故事

吞只活猫

阿凡提行医给乡亲们看病,庄子上的巴依总想刁难他。有一天,巴依假装慌里慌张跑来说:

"阿凡提,昨天晚上我正睡得香甜,一只老鼠从我的嘴里钻到肚子里去了。这怎么治啊?"

"看你笨的,这太容易治啦。"阿凡提说,"你马上抓一只活猫,让猫钻到你肚子里去把老鼠抓出来就好啦!"

倒骑驴

阿凡提在朋友家里喝得酩酊大醉,倒骑着驴回来了。他老婆一见,就叫道:

"哎呀,真是罪过!阿凡提,你怎么不知道羞耻,倒骑着驴,这像什么话!"

"我没倒骑,是驴驮倒了。"阿凡提说。

味道一样

阿凡提在驴背上驮着一筐葡萄准备拿到巴扎上卖。路上遇见了一群孩子,孩子们拦住他的去路,说道:"阿凡提大叔,请您给我们每人一串葡萄吧!"

阿凡提一看,孩子们太多了,如果按照孩子们的要求每个人给一串的话,恐怕筐子会底朝天的。阿凡提想了想,从筐里取出一串葡萄,给了每个孩子一粒葡萄。

"阿凡提大叔,您为什么不给我们每人一串葡萄呢?"

阿凡提笑着回答他们说:"一串葡萄和一粒葡萄的味道都一样啊!"

它想起了童年

一群孩子在院子里玩球。阿凡提也来到孩子们中间,与孩子们一起玩了起来。玩着玩着,有一个调皮的孩子,一把将阿凡提头上的色兰抢了过来,扔到空中玩耍起来。其他孩子们也一哄而上,玩起阿凡提的色兰来。阿凡提哪能跑得过这些顽皮的孩子呢,他东跑西颠地想把色兰夺回来,可无论怎样努力也不行,反而把自己累得够呛。于是,他放弃了色兰回到家。

在院门口等待他的妻子问:"阿凡提,你的色兰到哪儿去了?"

"嗨,它想起了童年,跟孩子们一起玩去了。"阿凡提回答道。

真话的分量

一个人问阿凡提:"世界上什么东西的分量最重?"

"真话的分量最重!"阿凡提回答说。

"哪儿有称真话的秤呢?"那个人又问。

"称真话的秤就在你的胸口上!"阿凡提回答道。

别渴着它了

有一天,阿凡提去赴婚宴。他见一个客人一边大吃大嚼着,一边还贪得无厌地从餐桌上挑选好吃的菜肴往口袋里装。阿凡提顺手拿起眼前的茶壶,悄悄地将茶水往那客人的口袋里灌。

那个客人惊讶地说:"咦,你为啥往我口袋里灌茶呀?"

阿凡提回答道:"咳,你那口袋吃多了荤腥,别渴着它了。"

吃抓饭搭肉

阿凡提和三、四个人一块凑钱吃抓饭,他每吃一撮饭就搭上两块肉。别人看他那个样子就说:

"你怎么一撮饭搭两块肉吃呀?"

"我嘴里不能一下子装三块,叫我怎么办呢?"

补上这一课

一位夫人领着她的小儿子,找到阿凡提说:"阿凡提,我这个孩子不好好学习,又没有礼貌,您看有什么办法没有?"阿凡提想了想,对夫人说道:"夫人,我来吓唬吓唬他,也许有用。"夫人觉得有理,便答应了。阿凡提走进里屋,反穿上一件羊皮袄,头顶一口黑锅,猛地从里屋冲到外屋,脸部抽动,凶神恶煞般地跳上跳下。

夫人没有准备,一下吓得晕了过去。可小孩子却拍着手,高兴地嚷着:"真好玩!真好玩!"夫人半天才醒来,问阿凡提:"阿凡提,我是让你吓唬这个孩子而不是我!""对呀夫人,正因为您小时候没受过这样的吓唬,您的儿子才这样胆大。等补上这一课后,您的下一个儿子就不这样了!"阿凡提回答说。

驾 驴

阿凡提有一头驾驴,一天,他骑着驾驴在路上走,一位熟人问他:"阿凡提您这是去哪儿呀?"

"去做礼拜。"阿凡提回答。"今天才是星期四呀!"熟人奇怪地问道。"朋友,我骑的是一头驾驴,照它这个速度走,等明天赶到做礼拜就不错了。"阿凡提回答说。

海 水

有人问阿凡提:"阿凡提,海水为什么是咸的?"

"海是个巨大的死水湖,如果不用盐腌上的话不就长蛆了吗?"阿凡提回答说。

怪 梦

有一人向阿凡提叙述他的梦,说:"阿凡提,我今天做了一个怪梦,梦见自己的靴子被一只耗子啃来啃去,您说我这个梦怪不怪?""这算什么怪梦,如果是你的靴子在啃耗子的嘴,那才是怪梦呢!"阿凡提说道。

笑 话

一天,阿凡提要到澡堂洗澡,村里的一群年轻人把他拉住说:"阿凡提大叔,给我们讲个笑话吧!"阿凡提想了想说道:"一天,阿凡提到澡堂洗澡……"说到这儿他没往下说,年轻人又问:"后来怎么样了?""我还没到澡堂洗澡,怎么知道后来怎么样了呢?"阿凡提说。

"好吧,剩下的等您洗澡回来再说吧!"年轻人说完放走了阿凡提。当阿凡提洗完澡回来时,年轻人又问:"阿凡提大叔,到澡堂洗澡后怎么样了?""你们真傻,别人到澡堂洗澡什么事也不会发生,我阿凡提去洗澡会有什么事呢?什么都没有。"阿凡提说道。

把我的长袍捎上

赶巴扎那天,阿凡提把毛驴卖掉步行回家,半路遇见了骑马回家的依麻目。阿凡提说:"阁下,我步行太慢,请您把我的长袍捎回去好吗?""可以,可我把长袍捎到哪儿呢?"依麻目问。"捎到我们村!"阿凡提说。

"到了村里我把长袍交给谁呢?"依麻目问。"当然交给我本人喽!"阿凡提回答。依麻目奇怪地问:"我还要等你回来呀!""不,阁下,我就在长袍里边。"阿凡提说道。

把多余的部分锯掉

阿凡提有一位吝啬的朋友,常常来阿凡提家又吃又喝,可一次也没请阿凡提吃过饭。一天,阿凡提为了试探他,赶着吃饭的时间去了他家。吝啬的朋友无奈之下端来两碗饭,把一碗放在自己的面前,把另一只碗放在阿凡提的面前。

可给阿凡提的那一只碗里只有半碗饭,阿凡提不悦地问:"你家有锯子吗?""有,你要锯子干什么用?"朋友奇怪地问。"我想把这个碗的多余部分锯掉!"阿凡提说道。

我睡着了

有一回,阿凡提和他的一个朋友躺在一处睡觉。朋友拉拉阿凡提的衣襟说:

"阿凡提!"

"哎。"

"你没睡着吗?"

"你想说什么?"

"想跟你借点钱。"朋友说。

"不,我睡着了。"说着,阿凡提就打起了呼噜。

纪　念

阿凡提的一个做买卖的朋友要出远门,来跟阿凡提辞行。他看见阿凡提手上带着只金戒指,便打主意想把那戒指要过来。

"阿凡提,"朋友说,"长久不见你,我可真受不了。如今要远走了,我很惦记你。我看这样吧!就把你这只戒指给我戴上,我一见到它就会像见到你一样,也就安心了。"

把自己仅有的这份家私送给别人,阿凡提舍不得。

"承你好心,"阿凡提说,"我嘛,长久不见你也是受不了的。你就让这只戒指留在我这儿吧,好叫我一见到它就想:'噢,朋友要过,我没给',也就像见到你了。"

和年轻时力气一样大

阿凡提已年过七旬,一天,他不服老,企图把院子里的一块大石头搬动一下,这一搬坏事了,腰也扭了,气也不顺了。从此,他卧床不起。

许多亲朋好友前来探望他。他对安慰他的人说:"请你们别难过,我身体和年轻时一样,力气一点儿没减少。"

"何以见得呢?"人们问道。

"我们家院子里的那块大石头,我年轻时搬过它,怎么搬也没搬动,几天前我试了试,仍然没搬动,你们看我的力气不是和年轻时一样大吗?"阿凡提说。

好 饮

一个人非常喜欢喝酒,一天夜里竟梦到自己得到一杯香醇之极的好酒,兴奋之时忙拿去热一热再饮。可是正要起身的时候,梦醒了。于是大悔为何不凉着就喝了。

观棋不语真君子

从前有个读书人,不管做什么事情,都喜欢引经据典,用他自己的话来说,就是"不违古训"。

有一天,他家里失火了,他的嫂子气喘吁吁地对他说:"速速喊你哥哥救火,他在隔壁三爷家下棋。"

读书人出了大门,自言自语道:"嫂嫂叫我速速,圣贤书上不是说过:'欲速则不达'!我焉能速!"于是,他慢慢吞吞地走到了三爷家,一见哥哥正在兴高采烈地弈棋,便默默地立在哥哥身旁观棋。

等到一局下完了,他才说道:"哥哥,家中失火了,嫂子叫你回去速救!"

他哥哥一听,气得浑身直抖,骂道:"你在这里立了半天,怎不早说?"

他指着棋盘上的字说:"兄不见此棋盘上写着'观棋不语真君子'吗!"

他哥哥见他还在假斯文,举起拳头要打他,但又缩了回来。他见哥哥缩回拳头,反而把脸凑了过去,说道:"哥哥,你打吧!棋盘上不是明明写着'出手无悔大丈夫',你怎么又把手缩回去了呢?"

比比谁更吝啬

很久以前,有两个邻居,一个叫佐藤,一个叫青木。

有一天佐藤叫佣人去青木家借锤子。佣人来到隔壁青木家:"劳驾,我主人想向你借把锤子,敲几只钉子。"

"好,好,那钉子是铁的,还是木头的?"

"是铁钉子。"

一听铁钉子,青木便哼哼唧唧地说:"真不巧,锤子刚被人家借走了。"

空手而归的佣人,把经过告诉了主人。佐藤大声嚷起来:"世界上竟有这种吝啬鬼!钉子还要问铁的、木头的。有铁锤子也不舍得借,好像一用就会坏掉,真没办法,只好拿我自己的锤子来用了。"

李胡子也是人

三个人一起行酒令,约好要从"相"字起,"人"字止。第一个人说:"相识满天下,知心能几人。"第二个人说:"相逢不饮空回去,洞口桃花也笑人。"第三个人说:"襄阳有个李胡子。"其余二人责问道:"约好了结尾要说'人',你为何说李胡子?"那人答道:"李胡子难道不是人?"

小洞变大洞

从前,有三个书呆子出外旅行。有一回,他们乘着一只小船过河。正行间,突然刮起大风,下起大雨,船边又破了一个小洞,"哗哗"地漏进很多水,于是三人都惊叫了起来:"不得了!不得了!"一个书呆子自作聪明地说:"别慌!我记得用脸盆倒水,一泼就出去了,现在我们把船翻个身,水自然就出去了。"另一个书呆子也自作聪明地说:"这个太费劲,我们劈开半边船吧,那边一定能倒出水去。"第三个书呆子更觉得自己聪明,说:"这些都费劲,最好船底挖个大洞,船底有了洞,水自然就流出去了。"大伙认为这个办法好,就动手挖起洞来。谁知越挖越漏,最后满船都是水,船也渐渐下沉了。这个出主意挖洞的人说:"这里有鬼,记得水是向下漏的,为什么这水是往上漏的呢?"

书呆子与花狐狸

从前,有个书呆子买了一块羊肉,并从店老板那里问清了烹调羊肉的方法,详详细细地写在一张纸条上。他把纸条折好,藏在贴身的口袋里,一手拎着羊肉,兴冲冲地回家了。

走到半路,他感到口渴,就放下羊肉,蹲在一孔山泉边喝水。谁知这时从村子里突然窜出一只花狐狸来,一口把他的羊肉衔走了。他急忙追赶,但两只脚哪能赶得上四只脚呢?眼看花狐狸越跑越远,再也追不上了。他不由感到十分懊恼。这时,他突然发觉那张写着羊肉烹调方法的纸条,还好端端地在口袋里藏着,于是心中大喜。他指着越跑越远的花狐狸,喘着粗气说:"你抢去吧,你抢去吧!你抢去也不知道怎么吃,这吃羊肉的方法可还在我口袋里装着呢!"

吃烧饼

有一个人肚子饿了,到烧饼铺买烧饼吃。吃了一个没饱,又吃了一个还是没饱,一连吃了七个烧饼才吃饱。吃完了第七个烧饼以后,这个人就后悔啦:

"咳,早知道第七个烧饼能吃饱,我还吃前头那六个烧饼干什么呀!"

报　恩

有个武将,在两军阵上眼看要被敌人打败,忽然闪出一位神兵,帮助他战胜了对方。武将急忙跪下感谢神兵,并请问神兵的尊姓大名。神兵说:"我是箭靶子。"

武将说:"小将有何功德,敢劳尊神救助?"

靶子说:"只因为你在教场上练兵的时候,从未伤我一箭,特来报恩。"

哪有工夫睡觉

从前,有两个又馋又懒的阔少爷,在一块儿谈论各人的心愿。一个说:"我这辈子最不满足的唯有吃饭和睡觉。将来要是能如愿,我是吃完了就睡,睡醒了就吃。"

另一个说:"将来我要是能如愿,就不睡了。我是吃了又吃,哪有工夫睡觉呢?"

两个吝啬鬼

甲乙两个吝啬鬼交上了朋友。这天,是甲的生日,乙拿了一个鸡蛋,去给甲祝寿说:"老兄生日,送上一只肥鸡,只是嫩了一点。"甲没说什么,就收下了。

不久,乙过生日,甲砍了几根竹子,扛着来给乙祝寿说:"贤弟寿辰,送上十斤鲜笋,只是老了一点。"

没有脸的人

三个好吹牛的人,有一回途中巧遇。他们便坐在大树底下休息,禁不住又吹起牛来。甲说:"我见了一口大锅,煮一锅饭,能管十万人吃三天。"乙说:"我见了一只大瓢,这一瓢能灌你两锅水。"丙说:"我见了一只大萝卜,能盛满你的锅,又盛满你的瓢,还剩下个尖尖,竖起来比泰山顶还要高!"

在旁边锄地的一个农民,听了他们的对话,觉得又好气又好笑,便开口说道:"你们这些都不大,我见了个人,上嘴唇顶着天,下嘴唇挨着地。"三人惊问:"那么他的脸有多大呢?"农民答道:"这号人没有脸,就只有一张嘴,光说大话。"

懒　人

从前有个懒人,到懒师傅家去求教,走到门前,便大声喊道:

"师傅在家吗?"

"谁呀?"

"我是前庄'怕见动'!"

"你是来干什么的?"

"来跟您学懒的。"

"那就进来吧!"

"我实在懒得动,请您把门帘掀起来让我进去啊!"

"行啦,行啦,你已经懒到家啦,不用再学了。"

和尚行善

一个和尚走在路上,一只飞累了的麻雀突然落在他的手上。和尚立即合掌:"阿弥陀佛,菩萨送我一块肉吃。"过了一会儿,麻雀在那里装死,等和尚松开了手,马上又飞走了。和尚又合起手掌:"阿弥陀佛,菩萨让我放生一回。"

等着下雪

很久以前,有个人看到儿子不肯用功读书,就用古人好学的故事开导他。他说:"古时候有个叫孙康的人,家里很穷,无钱买油点灯,就借着雪映的光读书,后来成了大学问家。你应该向古人学习。"儿子听后,点了点头说:"我记住了。"

过了一些日子,他来到书房,只见儿子瞪着两眼望着窗外。他十分生气地问他:"你怎么还不读书?"

儿子回答说:"我在等着下雪呢。"

见老要鞠躬

从前,有一个懂得礼法的人,对他的十来岁的儿子说:"见老要鞠躬。"儿子连连称是。

一天,儿子在村中见到一棵老榕树,就接二连三地向老榕树鞠躬。此时,他父亲正巧打从这儿走过,他问儿子在干什么。儿子一本正经地答道:"你说过见老者要鞠躬。我看这棵榕树几百年了,还不老吗?因此我向它鞠躬。"

围观的人笑得前仰后合。他的父亲气得说不出话来。

妙处难学

有个人告诫他的儿子说:"你一举一动,都要向你先生学习,听见了吗?"儿子点头答应了。

一天,他陪着先生一块儿吃饭,先生吃一口饭,他也吃一口饭,先生喝一口汤,他也喝一口汤;先生侧身,他也把身子侧了一下。

先生见了这情景,暗暗发笑,不觉打了一个喷嚏。他也学着笑了笑,但并没有打出喷嚏;他愁眉苦脸地对先生作了个揖,说:"先生的妙处,实在难学!"

剪 箭

有一个士兵出征,身上中了一箭逃回营来。营盘里的弟兄就赶快替他请来了外科医官。医官来到一看,连声说道:"容易,容易!"随即拿出一把剪刀来,把露在外边的那支箭柄,"喀嚓"一声剪掉,转身就走。

旁边的人连忙叫住说:"你怎么走了呢?箭头还在肉里边呢!"那医官回过头来摆摆手说:"外科的事情我做完了;剩下的那是内科的事啦!"

兄弟争雁

从前,有个人,见天上飞过一群大雁,便一边拉弓搭箭,一边说:"要

是射了下来,就炖着吃!"谁知他弟弟在旁边不同意,争辩说:"停住的大雁,炖着好吃;飞着的大雁,应该是烤着才好吃!"

兄弟俩争论不休,谁也说服不了谁,于是,便去找族长。族长说:"这事好办,把雁砍开,一半炖着吃,一半烤着吃。"

兄弟俩回来射雁,可是,大雁早已飞得不见踪影了。

看匾

从前,有两个人都是近视眼,却偏偏爱夸自己的眼力好,两个人谁也不服谁。有一天,听说庙里要挂匾,两个人约好,到时候一同去看匾,比一比眼力。

挂匾的前一天,两个人一先一后偷偷地去探听了一番,心里都暗暗记住了匾上的字。第二天一大早,两人就来到庙里。一个先往挂匾的地方望了一望,然后得意扬扬地说:"这'光明正大'四个大字,笔力也还不错!"

另一个立刻接下来说:"这有什么稀奇!你能认出旁边的小字吗?告诉你,那上边写的是'某年某月''某某人书'!"

旁边的人听了他俩的话,都哈哈大笑,告诉他俩说:"好好抬头看看吧,匾还没挂上呢,哪来的什么大字小字!"

嘲贪食不知足

有个酒匠酿造了好多瓮酒,他把酒瓮一个挨一个地摆在一块儿。不久有个酒瓮坏了,里面的酒全漏光了,酒匠光知道一瓮酒没了,却不知道是酒瓮破了的缘故。

有一天,他忽然看见屋梁上有一群老鼠唧唧乱叫,他以为一定是老鼠把酒偷喝了,就骂道:"死老鼠,已经被你吃了一瓮酒,还向我讨吃的。"

说来也巧,有一天夜里果然有只老鼠浸死在酒瓮中。酒匠发现后,就借题发挥道:"死老鼠,你今后会知道我家的酒会把你浸杀死的。"

"偷饭贼"

吉四六家很穷,一次有个财主家办喜事,托他到镇上去买鱼,办完事后财主给了他三、四条鱼作为酬谢。四六的妻子见到鱼非常高兴,他却满脸愁容,两眼直呆呆地瞪着鱼。突然他大喊一声"偷饭贼",随即把鱼使劲扔在地上。妻子感到莫明其妙,他说:"这样香的鱼下饭,起码要多吃两倍的饭,纯粹是偷饭贼!"

不会丢的

有个人拿了钱,带了布袋,到街上去买米。不知怎么一来,把布袋丢了。他便回来跟妻子说:"今天街上可真热闹,你挤我,我挤你,许多人把带的布袋都挤掉了。"妻子问他:"难道你的也挤掉了?"他说:"嘿,还说哩,哪会不挤掉呢?"

妻子着急了,又问他:"那么,你的钱呢?"他很得意地说:"你放心!这倒不要紧,我把钱紧紧地缚在袋角里,不会丢的!"

而字先生

古时候,有个教书的先生,说话写文章爱用"而"字,人们管他叫"而字先生"。

有一天,而字先生想上街逛逛,临行时,吩咐学生做一篇文章,等他中午回来一定要交卷。有个学生为使文章迎合老师的口味,词语中用了好多"而"字。不想,他学业还浅,不该用"而"的地方,他倒用了许多;应该用"而"字的地方,他却一个也不用。等到中午而字先生上街回来,一看他的作文卷子,当即提笔批云:"当而而不而,不当而而而,而今而后,已而已而。"

我就没说话

一座古庙住着一个老和尚和两个小和尚。一天,三个和尚坐着念经。一个小和尚突然睁眼看见天阴了,不由自主地说:"哦,要下雨了!"另一个小和尚推他一把说:"你看,不许说话,你还说话。"这时候老和尚哈哈大笑起来,得意地说:"你们两人的道行还是浅呀!看,我就没说话。"

严父箴言

儿子在读书:"……多情应笑我,早生华发。人生如梦,一樽还酹江月。"

父亲听了说:"你怎么感叹人生如梦呢?不要这样悲观厌世嘛!小小年纪,生什么华发哟?"

"爸爸,这是苏东坡写的词。"

"管他苏东坡苏西坡,这类词就不应该读。把词还给他!"

"爸爸,你……"

"什么你不你的,今后不许你同这样的人在一起玩!"

看　地

有个老头害怕别人把他地里的庄稼踩坏了,老是坐在地边看着。他正抽烟,猛抬头,看见一个人正从他的地里踩着走,便骂道:"浑蛋东西!你不走大道,怎么专踩我的地走?"

那人已走到了地中间,听他这么一骂,便赶紧扭头往回走。老头一看,叫道:"站住!你来时就踩坏了我的那一半庄稼,此时再走回去,不又踩一回吗?"

那人一听,便又扭头走回来。老头一看又叫道:"站住!你过来已踩了我一半庄稼,再走过来,岂不又踩坏我的这一半。"

那人进也不是,退也不对,便问道:"大爷,你让我怎么出去呢?"老头想了一下说道:"你站在那里别动,等我过去,把你背上,送到你原来的地方去!"说完,就过去把那人背了出去,累得满头大汗,回头一看,庄稼又被他自己踩坏了一大片。

巧嘴媳妇

从前,有一个巧嘴媳妇,煮好了米饭,先盛给公爹一碗。公爹吃了一口就称赞道:"今天的饭很香,我可要吃三大碗。"巧嘴媳妇听了公爹的夸奖,忙说:"嘻,这顿饭是我做的。"于是公爹又开始吃第二口,可饭刚送到嘴里就听见"咔嚓"一声,公爹立刻叫道:"哎呀,这么多的砂子!"巧嘴媳妇忙说:"那是小姑淘的米。"公爹把筷子在饭里搅了两下,闻了闻问道:"怎么,这饭还有点儿糊味?"巧嘴媳妇这次回答得更干脆:"那是妈烧的火!"

合伙做饭

三个人路上相遇,同住一家客店。他们一起商定,合伙做饭。于是每人都拿了自己的米袋,各自往锅里下米。

估计饭熟了。三个人都抢着拿碗去盛饭。可是揭开锅盖一看,大家你看看我,我看看你,谁也不出声。原来是一锅白开水。

日字胖了

有个学生又笨又粗心。他忘记了"日"字的解释,急忙去查字典,碰巧看见一个"曰"字,他惊奇地说:"哎呀!三天不见,'日'字竟胖成这个样子,几乎认不出来了。"

至少胜他两倍

有个人,好吹嘘自己,看了杜甫的诗"两个黄鹂鸣翠柳,一行白鹭上青天"后说:"这诗作得不怎么样!我作的至少要胜他两倍!"

人们说:"那就请你作一首诗给大家看看。"

他便道:"'四个黄鹂鸣翠柳,两行白鹭上青天。'你们看!不是胜他两倍吗?"

立誓戒酒

某人嗜酒如命,整天手不离杯,杯不离口。亲友们都竭力劝他戒酒,某人答道:"我本想把酒戒掉,只因我的儿子出门,还未回来,暂时以酒解愁。等他回来,我就把酒戒掉。"亲友们说戒酒要有决心,他便跪下立誓道:"我儿子回来以后,我如不戒酒,教大酒缸倒下来把我压死,教小酒杯翻过来把我噎死,教我跌进酒池里浸死,掉到酒海里淹死,罚我生为曲部之民,死作糟丘之鬼,在酒泉之下,永不翻身。"亲友们问他,令郎究竟到哪里去了。他起身道:"到杏花村给我买酒去了。"

幸亏没穿袜子

有一个人,光着脚到朋友家去,半路上被狗咬了一口,痛得他直喊,再用手一摸,见腿上都是血。这时,他反而高兴起来:"我真走运,幸亏没穿袜子;不然,袜子一定被它咬破了。"

扛竹竿进城门

从前,有一个人扛着竹竿要进城门。他把竹竿横着扛,那城门洞只有丈把宽,竹竿有两三丈长,哪能进得去呢?急得他汗都出来了。正在这时,过来了一个人,笑着说,"哎呀!你这大哥真是缺少个心眼儿,来来来,我帮你拿进去。"说罢,他跑到城门洞上边,喊道:"来!你把竹竿给我,你先进去,我再从上边递给你不就行了?"等他刚要接竹竿时,就听旁边有人笑着说:"你们二位也太笨了!"两人一听气就上来了,说:"你这人真无理,你聪明,你来把竹竿给我们扛进城去!"这人说:"这有啥难呢!来,将竹竿给我!"他借来一把锯子,将竹竿锯成几节,捆成一捆,交给那人说:"你看,这样不就进去了吗?"

一厚一薄

有一个人穿错了靴子,一只底儿厚,一只底儿薄,走起路来一脚高一脚低,很不舒服。

他很奇怪地说:"今天我的腿为什么一长一短呢?如果不是我的腿有了毛病,想是道路不平的缘故吧!"

别人见了,告诉他说:"可能你穿错了靴子吧!"他连忙回家去换,可是去了不久又一脚高一脚低地出来了。别人问他,他说:"换也没用,家里的那两只,也是一厚一薄。"

饭量跌了

有一个人饭量特别大,每餐要吃六碗饭。一天他的饭碗碎了,他上街去买了一只大碗回来盛饭吃。吃了几餐之后,他便对邻人说:"奇怪!自从我用这碗以来,我的饭量跌了。以前要吃六碗,现在只要三碗就够了。"

节节不通

有个先生,教了十个学生。有一次,十个学生每人交来一篇作文。先生一篇一篇地改,改到最后一篇时,怎么改也改不下去了,他就在后面画了一棵竹子。

第二天,这个学生拿着作文来找先生:"先生,我的作文怎么没改,只画了棵竹子呀?"先生说:"我改不了呀,你的作文就像竹子,节节不通嘛!"

一万人马

有个卖烧饼的,说话办事都爱认死理。

一天,路边有两个人闲聊天,正说到"三国"故事中的赤壁之战,其中一个说得高兴了,不禁脱口叫道:"曹操哇曹操,你空有八十二万人马……"

卖烧饼的正在炉子上烤烧饼,一听这句话,扔下烧饼,就上前插嘴说:"这位老兄,曹操可是八十三万人马,你怎么少说了一万呢?"

那个人瞪他一眼,并不服输。于是两个人便你一句我一句地争吵起来,闹得脸红脖子粗。过路人都停下来看热闹,有个好心人过来劝解说:"别争了,你的烧饼都烤煳了!"

卖烧饼的头也不回,嚷道:"一炉烧饼才值几个大钱?他这儿还欠我一万人马呢!"

买火柴

有个人打发儿子去买一盒火柴,临走嘱咐他说:"买回来若是不好使,当心我揍你。"儿子点着头去了。不大会儿,火柴就买回来了。

这人接过火柴,问儿子:"这火柴好使吗?"儿子说:"好使,根根都能划着。"这人摇摇头,不相信儿子的话。儿子急了,大声说:"我一根一根都试过了,你怎么还不相信呢?"

哪个最高

从前,一个四川秀才和一个杭州秀才来到武昌游玩,同住在一家客店里。有一天同桌吃饭,各自夸耀起家乡的名胜来。

四川秀才说:"四川是天府之国,名贵之川,峨眉山是天下最高的山。古人云:峨眉山、峨眉山,离天只有三尺三。你看哪里还有比这再高的呢?"

杭州秀才毫不示弱地说:"上有天堂,下有苏杭,四川哪里比得上我们杭州。要说哪个最高,有诗说:六和塔,六和塔,离天只有一尺八。它比峨眉山还高一尺五。"四川秀才不服气,两人便争执起来。

这时,店小二来给他们添面,听了争论,笑吟吟地说道:"你们的峨眉山、六和塔都不算高。"两个秀才一愣,急忙问道:"那你说哪个最高啊?"店小二说:"数我们这里的黄鹤楼最高。你俩不信,也有诗为证:黄鹤楼、黄鹤楼,钻进九天五尺六。"两秀才听了,目瞪口呆。

一毛不拔

一只猴子死后想做人,见到冥王后就求冥王让它转世做人。冥王告诉它要想做人须把身上的毛拔尽。猴子同意了。于是冥王命夜叉帮其拔毛。可是刚拔一根,猴子就忍不住痛大叫。冥王笑着说:"看你一毛不拔,怎么做人啊?"

卖房子

从前有个商人到同行家里去吃饭，一碗饭吃完了，主人正和其他客人谈得热火，没注意他的碗已空了，他又不好意思开口。忽然心生一计说道："我有一个朋友想卖房子。"在座的人都听见了，忙问："房子怎么样？"

"房子蛮好，最细的檩子也有我的碗口粗。"大家都朝他碗里望去，主人见他饭碗空了，马上接过来添满了。大家接着问："后来呢？"

他说："后来这人有饭吃了，房子也不卖了。"

请 客

有个姓孙的秀才，在大街上碰见了姜、黄、秦三位老朋友。久别重逢，分外喜悦，四人决定到酒馆里吃午饭。

可是由谁来请客呢？原来这四个人都爱占小便宜。这时孙秀才提议说："我们四人在酒席上用自己的姓做句子的开头，各说一句俗话，谁能与小菜或盆数对上的话，谁先下筷，对不上的就付钱。"大家齐声赞同。

菜上来了，是七盘一汤。姓姜的清了清喉咙，首先开口道："我姓姜，姜太公钓鱼。"说完，用筷子夹起一条全鱼往自己面前一放。众人没有什么可说。

接着，姓黄的说："我姓黄，黄鼠狼拖鸡。"说完，把一盆全鸡端到自己身边。众人也没有什么可说的。

这时姓秦的说了："我姓秦，秦始皇吞并六国。"说完，把剩下的六个菜全部揽到自己身边。

张古董讲故事

过去沁阳县城南街有个叫张古董的，很爱讲故事，说笑话，见景生情，借题发挥，一肚子全是故事。

一天张古董上街去打醋。杂货铺掌柜叫刘古堂,看见张古董提着个醋瓶,来打醋,就给徒弟使了个眼色,意思是让张古董给说一段。

张古董走进铺来,先向刘古堂打了招呼:"刘掌柜,生意发财了吧?"刘古堂答道:"生意还可以,只是这几天不见你来照顾我,来,先说一段再走。"张古董说:"不啦!不啦!家里锅还在咕噜咕噜滚着,等捞面条用醋,改日再说,改日再说!"刘古堂向徒弟们看一眼说:"不说,看谁敢给你打醋。"

张古董见不说不行,思考片刻,笑了笑说:"说个短的吧!"于是说道:

"从前呀,咱这怀庆府南门大街有一家杂货行,字号叫泰丰恒。这家字号生意兴隆,财源旺盛,汽车进货频繁,一天到晚顾客不断。掌柜的也姓刘,这个刘掌柜很爱吃鱼,每天让大师傅到集上买一两条鱼来,不是醋熘,就是红烧,真有口福啊!

"有一天,大师傅赶集晚了一步,鱼都卖完了,买了一只老鳖来,对刘掌柜说:'今天没买鱼,买了这个玩意儿。'刘掌柜有点不高兴,叫先扔到那儿,回头随便收拾收拾算了。大师傅把老鳖往水缸底儿一放,去做饭了。大师傅回头收拾老鳖时,发现老鳖不见了,东找西找找不着,赶快禀报刘掌柜,刘掌柜说:'跑了,跑了吧。'

"过了好久,有客户来批发红糖,伙计们掂一包是空的,再掂一包还是空的,掂到最底下一包,发现一个大菠萝似的圆家伙,仔细一看是个大老鳖,这才想起还是以前跑的那只老鳖,急忙禀报刘掌柜。刘掌柜大怒,叫徒弟们把老鳖拴在门外柱子上,让来往行人往鳖盖上踏。老鳖爬在街上,过路人都往鳖盖上踩,这个人一踩,咕嘟'流股糖'!那个人一踏,咕嘟'流股糖'!"

这时,刘古堂才听出张古董在编排巧骂人,又气又笑招呼徒弟:"快给打醋,让他滚蛋!"

张古董说:"对不起,下次再说个长的。"

寓言类

杞人忧天

有个小国家叫杞,那里有个人整天胡思乱想,忽然想到天随时可能崩塌下来,地也随时可能陷落下去,这样一来,他连安身的地方也没有了。于是,他越想越害怕,每天忧心忡忡的,茶饭不进,睡眠不安。

有个热心人听说此事,暗暗好笑,跑来开导这个杞国人说:"天不过是一团积聚的气体,到处都是气,人运动呼吸也是在这气当中,怎么可能崩塌下来呢?"

杞国人将信将疑地说:"就算天是积气,可是难道太阳、月亮和星星不会掉下来吗?"

"不会,不会!"那人回答,"日月星宿也不过是一团团会发光的气体,就是掉下来打着头,也不会伤人。"

杞国人还不放心,又问:"那么地陷下去怎么办呢?"

热心人忙又回答:"地不过是堆积起来的土块罢了,到处都是这样的

土块,它怎么会陷落下去呢?"

杞人听罢,豁然开朗,心头像放下了千斤重担;那个热心人也很高兴。

山　震

有一次,一座大山发生了大震动,震动发出的声音就像有人在大声地呻吟和喧闹。许多人云集在山下观看,不知发生了什么事。当他们焦急地聚集在那里,担心看到什么不祥之兆时,仅看见从山里跑出一只老鼠。

东施效颦

西施是越国有名的美女。她有心痛的毛病,犯病时总是用手按住胸口,紧紧地皱着眉头。别人看到她这副病态的表情,觉得反比平日另有一种妩媚的风姿,更显可爱。

邻家有一位东施,虽然奇丑无比,却不甘示弱,她模仿西施的病态表情:用手按住胸口,紧紧地皱着眉头,就自以为同西施一样的美丽。

可是看见东施这副怪模样的人,几乎没有一个不作呕的。

"咕　咚"

从前有一口湖,湖边有一片木瓜林,木瓜林里住着六只兔子。有一次,一个木瓜熟了,从高高的树上落进湖水里,"咕咚——"的一声。兔子们听见了,不知道是什么,吓得连忙就跑。

一个狐狸看见它们跑,就问:

"你们跑什么?"

兔子答道:

"'咕咚'来了!"

狐狸听后,也连忙就跑。

猴子看见狐狸跑,就问:

"你们跑什么?"

狐狸答道:

"'咕咚'来了!"

猴子听后,也连忙就跑。

这样一个传一个,鹿、猪、水牛、犀牛、大象、狗熊、马熊、豹、老虎、狮子……一个跟着一个,都跑起来了。

大家闷着头拼命跑,越跑越害怕。

山脚下有一个长毛狮子,看见狮子们这样跑,就问:

"你们有爪子,有牙,力气最大,跑什么?"

"'咕咚'来了!"跑的狮子回答道。

"'咕咚'是什么? 在哪里?"长毛狮子问。

"不知道。"跑的狮子回答。

"别乱跑! 要打听明白了! 谁跟你们说的?"长毛狮子问。

"老虎说的。"跑的狮子回答。

长毛狮子又问老虎,老虎说:"豹说的。"

问豹,豹说:"马熊说的。"

问马熊,马熊说:"狗熊说的。"

于是又问狗熊、大象、犀牛、水牛、猪、鹿,这样一个一个地追问,都说是别人说的。

最后问到狐狸,狐狸回答道:

"是兔子说的。"

长毛狮子又问兔子,兔子回答道:

"这个可怕的'咕咚',是我们六个亲耳听见的。你跟我们来,我们指给你那个地方。"

于是兔子领着长毛狮子,到了木瓜林旁边,指了一指,说:

"'咕咚'在那里。"

恰巧，这时候，又有一个木瓜从树上落下来，落进湖水里，"咕咚——"的一声。

长毛狮子说道：

"你们这些人，现在都看见了，这是木瓜落到水里的声音，有什么可怕的？看把你们吓的！"

大家这才松了一口气，白受了一场虚惊。

黄公嫁女

从前，齐国有一位姓黄的老相公，很讲究为人谦让，也喜欢大家称道他谦卑的美名。

黄公有两个妙龄女儿，养在深闺，双双长得容貌艳丽，体态娴雅，堪称天姿国色。有人听说了，就向黄公拱手道喜说："相公好福气，养的女儿才貌超群。""哪里，哪里！"黄公总是连连摇头，"小女质陋貌丑，粗俗蠢笨，不足挂齿，不足挂齿！"长此以往，众人都信以为真。于是，黄公二女的丑恶名声便远播乡里，早就过了婚嫁年龄，没有一个人来上门求亲。

卫国有个无赖汉子，早死了老婆，一直无钱再娶，便跑到黄公门上求婚。等婚礼完毕，揭开头巾一看，竟是一个绝代佳人，无赖汉像拾到金元宝一样高兴。

消息很快传开了，人们才知道原来是黄公过于谦虚，存心把自己女儿说丑的。于是，许多名门望族都竞相向他的第二个女儿求亲。一时间，黄公家门庭若市。

徒劳的寒鸦

宙斯想要为鸟类立一个王，指定一个日期，要求众鸟全都按时出席，以便选他们之中最美丽的为王，众鸟都跑到河里去梳洗打扮。寒鸦知道自己不漂亮，便来到河边，捡起众鸟脱落的羽毛，小心翼翼地全插在自己身上,再用胶粘住。指定的日期到了,所有的鸟都一齐来到宙斯面前。宙斯一眼就看见花花绿绿的寒鸦,在众鸟之中显得格外漂亮,准备立他为王。众鸟十分气愤,纷纷从寒鸦身上拔下本属于自己的羽毛。于是寒鸦身上美丽的羽毛一下全没了,又变成了一只丑陋的寒鸦了。

狗国狗门

晏婴身矮貌丑,可是为人机智。有一次,晏婴作为齐国的全权代表,前去楚国京城谈判。楚王存心想侮辱晏婴,令人在城门旁边挖了一个小洞,让管礼宾的小官带晏婴从此洞进城。晏婴不进,看看周围等着看笑话的人群,十分惊讶地说:"啊呀,今天我恐怕来到狗国了吧?怎么要从狗门进去呢?"楚人讨了一脸没趣,只好引他从大门进了城。

刻舟求剑

有一个楚国人出门远行。他在乘船过江的时候,一不小心,把随身带着的剑掉落到江中的急流里去了。船上的人都大叫:"剑掉进水里了!"

这个楚国人马上用一把小刀在船舷上刻了个记号,然后回头对大家说:"这是我的剑掉下去的地方。"

众人疑惑不解地望着那个刀刻的印记。有人催促他说:"快下水去找剑呀!"

楚国人说:"慌什么,我有记号呢。"

船继续前行,又有人催他说:"再不下去找剑,这船越走越远,当心找不回来了。"

楚国人依旧自信地说:"不用急,不用急,记号刻在那儿呢。"

直至船行到岸边停下后,这个楚国人才顺着他刻有记号的地方下水去找剑。可是,他怎么能找得到呢。船上刻的那个记号是表示这个楚国人的剑落水瞬间在江水中所处的位置。掉进江里的剑是不会随着船行走的,而船和船舷上的记号却在不停地前进。等到船行至岸边,船舷上的记号与水中剑的位置早已风马牛不相及了。这个楚国人用上述办法去找他的剑,不是太糊涂了吗？

他在岸边船下的水中,白费了好长时间找剑,结果毫无所获,还招来了众人的讥笑。

揠苗助长

宋国有个人,担心自己的禾苗长得不快,便到田里把禾苗一棵棵地拔高一点。拔完后,他疲惫不堪地回到家里,对家人说:"今天累坏了!我帮助禾苗长高了!"他儿子听了,赶忙跑到田里一看,禾苗都枯萎了。

吹箫的渔夫

有一个会吹箫的渔夫,带着他心爱的箫和渔网来到了海边。他先站在一块突出的岩石上,吹起箫来,心想鱼听到这美妙音乐就会自己跳到他的面前来的。他聚精会神地吹了好久,毫无结果。他只好将箫放下,拿起网来,向水里撒去,结果捕到了许多的鱼。他将网中的鱼一条条地扔到岸上,并对乱蹦乱跳的鱼说:"喂,你们这些不识好歹的东西!我吹箫时,你们不跳舞,现在我不吹了,你们倒跳了起来。"

纸上谈兵

战国后期,赵国出了个熟读兵书的孩子,他就是赵国大将赵奢的儿子赵括。赵括谈起用兵之道,连赵奢都说不过他,赵奢心里明白孩子虽然对兵书倒背如流,但是不切合实际。

他对妻子说:"孩子虽然熟读兵书,但是没有经过实际锻炼,不能当大将。"

有一年,秦国出兵攻打赵国,赵国老将奉命抵抗,使秦军无法取胜,秦军主将白起就使反间计,说秦国不怕老将廉颇,就怕小将赵括。赵王信以为真,就派赵括去代替廉颇。

那时赵奢已经去世,赵括的母亲就亲自去见赵王,她对赵王说:"赵括虽然熟读兵法,但没有实战经验,不能当大将。"

赵王不听赵母的话。于是赵母又把这话重复了一遍,并告诉赵王这是赵奢生前说的,丞相蔺相如也同意赵母的话,请赵王重新考虑,赵王略一思考,还是没有采纳。

赵王就拜赵括为大将,接替了廉颇的兵权。赵括来到前线长亭,完全改变了廉颇的战略部署,然后他照搬兵书的条文,重新拟定作战计划。白起见赵王中了反间计,高兴得哈哈大笑。

白起先切断了赵军运粮草的道路,然后把赵军紧紧包围起来,赵军被围四十多天,最后粮尽援绝,赵括只好率领精锐兵马突围,没冲出多远就被秦兵射死。赵括一死,赵国四十万大军全军覆没。

穿井得人

宋国有一户姓丁的人家,家中没有井,所以经常要派一个人到外面打水洗涤。等到他家打了一口井之后,便对别人说:"我家打井得到一个人。"有人听到这话,便到处传播说:"丁家挖了一口井,井里出来了一个人。"全国的人都谈论这件事,一直传到宋国国君那里。宋国国君派人去问丁家的人。丁家的人回答说:"家里打了井,不必再派人到外面打水,节约一个劳动力,等于多一个人使用,并非在井中得到一个人。"

南柯一梦

唐代有一个叫淳于棼的人,一天他与朋友喝醉了酒,在大白天做起梦来。梦中,他来到了一个叫大槐安国的地方,国王见他英俊潇洒便把小女儿嫁给了他,又派他到南柯郡任太守。他有五男二女共七个孩子,男孩都做了大官,女孩许配了王公贵族,后因出征失败被遣归而惊醒。

他抬起头一看,太阳还挂在天上,席上的酒杯还在,这才知道是虚梦一场。

惊弓之鸟

战国时代,魏国武将更羸是个神射手。

一天,他陪着魏王出游,见几只鸟在天空飞过。

更羸说:"我只要拉响空的弓,不发箭,就能把鸟儿从天空射下来。"

魏王半信半疑,说:"射箭的技术可以达到这种地步吗?"

过了一会儿,有只大雁从东方飞过来,更羸就拉满弓,用力扣动弓

弦,弦声直冲天空,那只大雁真的从空中落下来。

魏王又惊又喜说:"啊,奇怪,空弓虚箭怎么能射下雁来?"

更嬴说:"不是说我的本领高,而是这只大雁受伤了,看到拉起的弓,受到惊吓后,摔了下来。"

自相矛盾

矛和盾是古时候的两种武器,矛是用来刺人的,盾是用来挡矛的,功用恰恰相反。

楚国有一个兼卖矛和盾的商人。一天,他带着这两样武器到街上叫卖,先举起盾牌向人吹嘘说:"我这盾牌呀,再坚固不过了,无论怎样锋利的矛枪也刺不穿它。"停了一会儿,又举起他的矛枪向人夸耀说:"我这矛枪呀,再锋利不过了,无论怎样坚固的盾牌,它都刺得穿。"

旁边的人听了,不禁发笑,就问他说:"照这样说,就用你的矛枪来刺你的盾牌,结果会怎样呢?"

这个商人窘得答不出话来了。

狼与鹭鸶

狼误吞下了一块骨头,十分难受,四处奔走,寻访医生。他遇见了鹭鸶,谈定酬金请他取出骨头,鹭鸶把自己的头伸进狼的喉咙里,叼出了骨头,便向狼要定好的酬金。

狼回答说:"喂,朋友,你能从狼嘴里平安无事地收回头来,难道还不满足,怎么还要讲报酬?"

楚人隐形

楚国有个人,家境贫苦,却整日挖空心思想着富裕。

一日,他读《淮南方》一书,见上面有"得螳螂伺蝉自鄣叶,可以隐形"一句,顿时来了兴趣。于是急忙来到树下,全神贯注地仰起头搜寻螳螂捕蝉时借以隐蔽的那片树叶。树叶随风落下,与原先落在地上的混在了一起,这人无法辨别,就把所有的落叶扫拢在一起装了满满几斗带回家中。

他一片叶子一片叶子拿在手里,问妻子:"你能看见我吗?"妻子接连几次都说看得见。这样下去,妻子终于被问得不耐烦了,就生气地说:"看不见了!"

这人听了,高兴极了,以为树叶的确能隐形了,就急急忙忙拿着那片树叶来到集市上,竟当着人家的面直接拿人家的东西。吏卒们立刻上去把他绑到县衙问罪。

县官被他的荒诞行为逗笑了,也没治他的罪就把他给放了。

掩耳盗铃

春秋时期,晋国贵族智伯灭掉了范氏。有人趁机跑到范氏家里想偷点东西,看见院子里吊着一口大钟。钟是用上等青铜铸成的,造型和图案都很精美。小偷心里高兴极了,想把这口精美的大钟背回自己家去。可是钟又大又重,怎么也挪不动。他想来想去,只有一个办法,那就是把钟敲碎,然后再分别搬回家。

小偷找来一把大锤子,拼命朝钟砸去,"咣"的一声巨响,把他吓了一大跳。小偷一慌,心想这下糟了,这钟声不就等于是告诉人们我正在这里偷钟吗?他心里一急,急忙扑到钟上,张开双臂想捂住钟声,可钟声又怎么捂得住呢!钟声依然悠悠地传向远方。

他越听越害怕,不由自主地抽回双手,使劲捂住自己的耳朵。"咦,钟声变小了,听不见了!"小偷高兴起来,"妙极了!把耳朵捂住不就听不见钟声了吗!"他立刻找来两个布团,把耳朵塞住,心想,这下谁也听不见钟声了。于是就放手砸起钟来,一下一下,钟声响亮地传到很远的地方。人们听到钟声蜂拥而至把小偷捉住了。

南辕北辙

有一个北方人,要到南方的楚国去。他从太行山脚下动身,骑着马朝北进发,一路上对人家说:"我要到楚国去!"

有人对他说:"到楚国去,要朝南走,你为什么反而向北呢?"

这个北方人回答说:"不要紧,我有一匹好马,它跑得快着呢!"

"不管你的马跑得怎样快,朝北走,总是到不了楚国的。"

"不要紧,我还带有充足的旅费哩!"

"旅费多也不济事,朝北走,无论如何是到不了楚国的。"

"不要紧,我还有一个可靠的马夫,他赶马的本领大着呢!"

这种人的条件愈好,他就只能离楚国愈远,因为他走的方向错了。

滥竽充数

战国时期,齐宣王喜欢听竽的大合奏,每次听吹竽,都要组成一支三百人的大乐队。有个叫南郭先生的本来不会吹竽,混在吹竽的人群中凑数,居然也得到齐宣王赏给的丰厚薪俸。后来,齐宣王死了,齐泯王继承王位,他喜欢听一个一个的轮流独奏。南郭先生生怕露馅儿,夹着铺盖连夜逃走了。

守株待兔

宋国有个农民正在田里耕作,突然,他看见一只兔子飞奔过去,正好撞到田边的树墩子上,把颈项折断,死了。那个农民没有费丝毫气力,得到了一只兔子,高兴地回到家里。

从这以后,这个农民就不想再干活了,他一心一意只想得到现成的兔子。于是,放下了锄头,每天坐在树墩子旁,老是等待着。他的田荒芜了,可是再也看不见第二只兔子来撞树了。

爱钱忘命

永州地方的人都很会游泳。一天,江水暴涨,有五六个人划着一只小木船横渡湘江,船到中流,被大浪打翻,大家都落进水里,拼命向岸边游去。

其中有一位汉子使出全身气力,也游不了几尺远。同伴奇怪地问他:"平日你最会游水,怎么今天落到后面去了?"他喘着粗气回答:"我腰上缠着一千枚大钱,重得很,所以游不动啦。"同伴说:"怎么还不丢掉呢?"他不回答,只是摇着头。不一会儿,他更加游不动了。已经上岸的同伴对他大声呼喊:"你好愚蠢!你被金钱迷得太深了!命都顾不上,还要钱干什么?"他翻着白眼,还是摇着头。最后,冒了几个气泡,就沉下去淹死了。

挤牛奶

有一个人家,养了一头母牛。主人因事要大请其客,准备挤些牛奶,供招待之用。转而一想:现在离请客还有一个月,如果每天预先把牛奶挤下来,积多了,牛奶容易变酸,不便保存,不如就利用牛肚皮暂时储藏一下吧,临到请客时一次挤出,又多又新鲜,岂不甚妙?打定了主意,主人便把母牛和那只还在吃奶的小牛隔离开来,牛奶也不挤了。

请客那天到了,客人们纷纷光临。主人把母牛牵出来,却什么也挤不出了,牛奶全部干掉了。

卜妻为裤

从前,在郑县这个地方,住着一个名叫卜子的人。他穿的裤子又脏又破,便买来一块布头,叫妻子为他做一条新裤子。卜妻量量尺寸,问他:"这条裤子做成什么式样啊?"卜子随口回答:"照老样子呗!"

新裤子缝好了,卜妻就认认真真地仿照老裤子的模样,这里戳几个破洞,那里抹一摊油迹,弄得皱皱巴巴、破破烂烂的。花费了不少工夫,总算完成了。她把裤子捧到卜子面前,得意地说:"满意吧?同老裤子一模一样。"

三层楼

有一个富人,很愚蠢。他看到另一个富人家房屋的第三层楼宽敞壮丽,心中好生羡慕。他有的是钱,马上叫泥瓦匠来造一所同样的第三层楼房。

泥瓦匠开始打地基,垒砖头,建造楼房的最下一层。富人瞧了,心里有些疑惑,就跑来问泥瓦匠道:"你这是造什么房子呀?"泥瓦匠答道:"还不是照你的吩咐建造三层楼房吗?"

原来富人羡慕的,只是楼房的最上一层,他要造的也只是这一层。他连忙制止泥瓦匠道:"你给我造房子,就得依我的计划,我是不需要第一、第二层楼的,只要第三层就够了,还是给我把它先造起来吧!"

河豚之怒

江南一带的河里有一种鱼,人们把它叫作"河豚"。一天,河豚在桥墩之间游来游去,一不小心迎头撞在桥墩上,顿时怒气冲冲,无论如何都不肯走开,怨恨桥墩为什么撞到自己。一面骂,一面张开两鳃,满肚皮充满了怒气,浮到了水面上,许久都一动不动。这时候,鸢鸟掠过河面,一把抓住圆鼓鼓的河豚,啄开它的肚皮,美餐了一顿。

偷　金

从前齐国有一个人,整天想着金子。一天清早起来,他把衣服穿得整整齐齐,赶到市上,走进一家金店里,伸手拿了一块金子回头就跑。

人们把他捉住了,并责问他说:"当着这么多人,你竟敢偷人家的金子?"

那个人回答说:"我拿金子的时候,只看见金子,没有看见人!"

痴人说梦

戚家公子从小爱读书,但却生性痴笨。一天早上,他迷迷糊糊地从床上爬起来,到处张望,忽然一把拖住进来收拾房间的婢女,问道:"昨天夜里你梦见我没有?"婢女莫名其妙,回答:"没有。""什么?"公子气得破口大骂,"我明明在梦中看见你,你为何要当面耍赖?"老夫人闻声赶来问究竟,公子扯着她的衣襟大喊大叫说:"这个奴婢真该打,我明明梦见她,她却说没梦见我,存心欺主,这还得了!"

驱　盗

有个愚蠢的人,听说强盗已经进了门,急忙写了"各有内外"四个大字,贴在堂屋的门上;听说强盗已经进了堂屋,又赶快写了"此路不通"四个大字,贴在卧室的门上;听说强盗又来到卧室,就逃到厕所里去,强盗跟踪足迹来到厕所门前,于是他连忙关了厕所的门,并且咳嗽了几声说道:"有人在此。"

愚人买鞋

有个郑国人,想到市上去买一双鞋子,便先用一根稻草量了量自己的脚,作为尺码。但临走时,却把尺码丢在家里,忘记带去。他到了市上,走进一家鞋店,看见一双鞋子,觉得很中意,可是一摸口袋,尺码没有带来,忙对店员说:"我忘记带尺码了,让我赶回去把尺码拿来再买。"说罢,拔脚就跑。

这样一来一往,等他从家里拿了尺码再到市上时,鞋店已关门了,他终于没有买到鞋子。

有人知道了这事,就提醒他:"你为自己买鞋子,可以直接穿上试试大小,还要什么尺码呢?"

买鞋的人回答说:"我是宁肯相信尺码,也不相信自己的脚!"

打草惊蛇

古代的时候,南唐有个叫王鲁的人,在当涂县当县令。王鲁贪心很重,到处索贿受贿。

有一天,一大群老百姓拥进县衙来,王鲁暗暗吃惊,以为百姓们找他算账来了。原来,百姓联名递状,控告他手下的主簿。王鲁接过状纸,只见上面列举了这个主簿很多罪状,百姓们强烈要求王鲁把他的主簿依法严办。这个主簿的罪状几乎与王鲁的所做所为一模一样。

他一面看,一面浑身发抖,不知该怎样处理这个案件。王鲁不由自主地在状纸上批道:"汝虽打草,吾已惊蛇。"百姓们怎能知道,他们告发主簿,也使王鲁受到了警告。

成语"打草惊蛇"由"汝虽打草,吾已惊蛇"简化而成,现比喻做事不严密,反使对方有了防备。

呆县丞

有个长洲县丞名叫马信,山东人。有一天坐着船去拜见大官,大官问道:"船停在什么地方?"

"船在河里。"

大官大怒,大声责骂道:"真是个大草包!"

马信立即应声道:"草包也在船里。"

铁杵磨针

相传李白小时候很贪玩,不爱读书,不求上进。有一天,他读书读到一半,心烦意乱,又打哈欠,又伸懒腰。看看屋里没人,他就悄悄溜出门,跑到小河边捉蜻蜓。

走啊,走啊,他看见小河边蹲着一个老婆婆,手里拿着一根铁棒,在石头上一个劲儿地磨呀磨呀。

李白挺纳闷,走上前问:"老婆婆,你在干什么?"

老婆婆回答:"磨针。"

"真的?"李白很吃惊,"这么大一根铁棒,怎能磨成针呢?"

老婆婆笑呵呵地说:"小孩子,铁棒总是越磨越细,只要我下定决心,天天磨,还怕磨不成针吗?"

李白听了,若有所悟,连忙转身跑回家,翻开书本,一遍又一遍地读起来。从此,他再也不贪玩,不怕苦,发愤学习。后来,李白成了中国历史上一位伟大的诗人。

名人逸事类

不死酒

汉武帝的时候,有人给他贡献了一坛"不死酒",被东方朔给偷喝了。汉武帝大怒,打算杀了他。

东方朔说道:"我所喝的是'不死酒',杀我,我必定不死;假若我死了,那么'不死酒'也就不灵验了。"

汉武帝笑了笑,饶了他。

李白的幽默

唐朝宰相杨国忠,嫉恨李白之才,总想设法奚落李白一番。

一日,杨国忠想出一个办法,就约李白对三步句。李白刚一进门,杨国忠便道:"两猿截木山中,问猴儿如何对锯?"锯谐句,猴儿暗指李白。

李白听了,微微一笑,说:"宰相起步,三步内对不上,算我输。"

杨国忠想赶快走完三步,但刚跨出一步,李白便指着杨国忠的脚喊道:"一马隐身泥里,看畜生怎样出蹄?"蹄谐题,畜生暗指杨国忠,与上联对得很正。

杨国忠想占便宜,反而被李白羞辱了一番。

黄布染红了水

齐景公对晏子说:"东海之中有一片红水,水中有棵只开花不结果的枣树,这是什么缘故?"

晏子回答说:"从前秦穆公乘龙舟巡视天下的地理分野,曾用一块黄布包了一些蒸熟了的枣儿,到了东海便把布包扔下了。由于那是块黄布,所以把水染红了;枣儿是蒸熟的,所以长出的枣树只开花不结果。"

齐景公听晏子答得有板有眼,就笑着说:"我不过是开个玩笑胡乱问问罢了。"晏子也笑着说:"我听说过有这么一句话:假问假答。刚才我也是胡乱答呀。"

纪晓岚的故事

智对乾隆

一次乾隆皇帝想开个玩笑难难纪晓岚,于是就问道:"纪卿,忠孝二字作何解释?"

纪晓岚回答道:"君要臣死,臣不得不死,为忠;父要子亡,子不得不亡,为孝。"

乾隆立刻就说道:"我以君的身份命你现在就去死!"

"这……臣领旨!"仓促之间,纪晓岚不知皇上的用意,只得应道。

"那你打算怎么去死?"

"跳河。"

"好,你去吧!"

顿时,群臣无不惊讶万分,谁也没想到突然会发生这样的变故,一时间都为纪晓岚担心。可是,机智过人的纪晓岚在外面转了一圈,不一会儿又回来了。

乾隆忙问:"你怎么没死?"

纪晓岚回答说:"臣到了河边,正要往下跳的时候,谁知屈原从水里向我走来,还拍着我的肩膀对我说:'晓岚,这就是你的不对了。想当年,楚怀王是昏君,不辨忠奸,我不得不死。可如今皇上圣明,你要是真死了,后人岂不会说皇上诛杀忠良吗?你应该回去问问皇上是不是昏君,如果皇上说是,你再来死也不迟啊!'臣想,屈大夫说的也有道理,特回来禀报皇上,请皇上定夺。"

乾隆听了,不禁哈哈大笑,说:"好一个巧舌如簧的纪晓岚,朕算服了你了。"

巧解"老头子"

盛夏时节,一天,纪晓岚和几位同僚一起在书馆里校阅书稿。纪晓岚因为身体肥胖,经不起炎热酷暑,于是就脱掉了上衣,把辫子也盘到了头顶上。不巧,这时,乾隆皇帝慢慢走进馆来。当纪晓岚发觉时,已经来不及穿衣服了,于是他赶紧把脖子一缩,钻到了书桌下面。

其实,乾隆早就看见纪晓岚的动作了,但他佯作不知,就在馆里故意与其他官员闲聊,迟迟没有离去的意思。

后来,他又静坐在书桌旁,摆手示意其他的官员不要作声。暑伏酷热,纪晓岚在桌子下面大汗淋漓,实在熬不住了,又听见外面静悄悄的,自以为乾隆已经走了,于是便伸出头来向外窥探,问同僚们:"老头子走了吗?"他话音刚落,就发现皇上正坐在自己的身旁呢!乾隆听了不觉好笑,同僚们亦忍俊不禁。

乾隆佯怒道:"纪晓岚,你好无礼,怎么能讲出这般轻薄随便的话!为何叫我'老头子'?如果你解释得体,就饶恕你,否则就砍了你的脑袋!"

众同僚都为纪晓岚捏了一把汗。

纪晓岚真不愧是铁齿铜牙,他从容地回答道:"皇上万寿无疆,这难道不叫'老'吗?您顶天立地,至高无上,这难道不是'头'吗?天与地是皇上的父母,您难道不是'子'吗?这些合起来不就是'老头子'吗?"

乾隆听了他的解释,立即转怒为喜,不但没有责罚,反而奖赏他了。

佛前释笑

一天,纪晓岚陪同乾隆皇帝游大佛寺。君臣二人来到天王殿,但见殿内正中一尊大肚弥勒佛,袒胸露腹,正在看着他们憨笑。乾隆问:"此佛为何见朕笑?"纪晓岚从容答道:"此乃佛见佛笑。"

乾隆问:"此话怎讲?"

纪晓岚道:"圣上乃文殊菩萨转世,当今之活佛,今朝又来佛殿礼佛,所以说是佛见佛笑。"

乾隆暗暗赞许,转身欲走,忽见大肚弥勒佛正对纪晓岚笑,回身又问:"那佛也看卿笑,又是为何?"

纪晓岚说:"圣上,佛看臣笑,是笑臣不能成佛。"

乾隆称赞纪晓岚善辩。

个个草包

权臣和珅新修了一所府第,请纪晓岚题一匾额。纪晓岚提笔给他题了"竹苞"二字,说是"竹苞松茂"之意。和珅高兴地把它悬在正厅,乾隆皇帝见了,对和珅说:"卿被纪晓岚捉弄了!把'竹苞'二字拆开来,不就变成'个个草包'四个字吗?"和珅哭笑不得。

真老乌龟

宰相庆祝八十大寿。为借机发财,便不管亲疏远近,到处发请帖。纪晓岚对此十分不满,到寿辰前一天打发人送去大红幛一个,上写四个大字:"真老乌龟"。宰相见了,十分恼火,届日,请纪晓岚当面解释。

纪晓岚从容地说,"君为前朝老臣,年且八十,是为'老';世世代代乌纱盖顶,是为'乌';自古以来,龟鹤齐名,都是高寿的象征。魏武帝是何等人物,尚且称颂龟为神龟,欣逢老相国寿辰,以此神物祝颂,当为不妄;'真'者,实实在在,当之无愧之意也。"经他这一解释,众人哭笑不得。老宰相有苦难言,一时想不起合适的对策,只得改容相谢。

字谜戏乾隆

这一日朝罢,乾隆命太监传纪晓岚东暖阁候驾。纪晓岚奉命来到东暖阁。乾隆换罢朝服由阁后出来,纪晓岚参驾。乾隆说:"早朝已过,你我君臣还是随意些,不拘大礼。"

落座之后,乾隆问:"纪爱卿,朕近日听说,你在家研究灯虎颇有心得。"

纪晓岚忙回禀:"灯虎实乃雕虫小技,何劳皇上挂齿。"

"今天你我君臣,就以灯虎取乐,你看如何?"

"臣才疏学浅,恐难使皇上尽兴。"

"纪爱卿,今天你就给朕出个谜,猜猜。"

"请万岁爷出个题儿,臣自为之。"

"好,这么着,就以朕的这个为题。"说完乾隆指着脚说:"以朕的脚为题吧!"

纪晓岚一听,心里犯嘀咕,今天得留神,闹不好招翻他,我可吃罪不起,遂回答:"皇上,灯虎乃嬉笑文字,恐有不礼之处,万岁爷得恕臣不恭之罪。"

乾隆摇了摇手:"今儿个咱们是找乐,一概全免,何谈罪也。"

纪晓岚琢磨了一会儿说:"就以'皇上的脚'为题目,打一字,皇上请猜。"

乾隆听了后,沉思一阵:"纪晓岚,朕猜谜不行,你还是宣了,朕的脚到底打个什么字啊?"

纪晓岚说:"臣借皇上的御笔一用。"说罢在书案上拿起一支笔,蘸好了墨,在左手上写了一个字。转身冲乾隆说:"'皇上的脚',就打这个字。"把手向乾隆一张。

乾隆一看,大为恼火。

"好你个纪晓岚,竟敢亵渎朕,该当何罪!"

纪晓岚急忙上前:"皇上,您可说了一概全免,您是皇上,说话可得算数。"

乾隆一听,"也是,哪有说话不算数的皇上。纪晓岚,这么着,你把这个字讲明白了,有道理,朕还有赏。"

纪晓岚用右手盖住左手上字的右半边:"皇上,这是什么字?怎么讲啊!"

乾隆一撇嘴:"这是足字啊,还用讲吗?就是'脚'!"

纪晓岚又用右手挡住足字,说:"皇上,可着大清国,谁敢称得上这个字啊!不就是您吗?您的脚,就打这个字!没错儿!"

乾隆被这个字闹得张口结舌,生气地说:"纪晓岚!往后说灯谜,谁也不许说这个字啦!知道吗?"

纪晓岚忙应声:"臣遵旨。"

纪晓岚的谜"皇上的脚",打的到底是什么字啊?读者肯定猜着啦吧!那就是"蹄"!

乾隆一谜五底难纪昀

乾隆对纪晓岚那个"皇上的脚"打一字的谜,越想越懊恼,总想拿谜难住他。这天乾隆制得一个谜,用的是曹操当年测三个儿子的"八"字谜。这个"八"可以打五个不同的谜底。乾隆心想:"只要他有一个答不上来,我就有法治他,起码得罚他东西,叫他知道朕不是好戏弄的。"

这天朝罢,还是在东暖阁。乾隆对纪晓岚说:"纪爱卿,你的谜道之深,朕已领教。朕日前偶得一谜,猜五个不同的谜底,全猜中者,有赏;只要有一个不中,朕可得罚你。"

纪晓岚一听,"皇上气量可太小啦!才几天哪!就报复。我可得留点儿神,看看是什么谜。"他忙说:"请皇上示下。"

乾隆笑着说:"谜面是'八'字,猜一鸟名。"

纪晓岚说:"那是画眉,人的眉毛都像左右两撇。"乾隆说:"对啦!再猜《西厢记》诗一句。"

纪晓岚略一思忖,说:"那就是'伯劳东去雁归西',皇上您说对吗?"

乾隆说:"猜得好!三猜唐诗两句。"

纪晓岚立即答道:"'落花人独立,微雨燕双飞',这是唐代翁宏《春残》五律的颈联,皇上看对不对?"

乾隆心里说:"这个纪晓岚,可真了得!",忙说:"四猜《四书》一句。"

纪晓岚接着说:"那可就是'无上下之交也'。"

乾隆又说:"最后猜战国人名二。"

纪晓岚想了会儿,心里说:"这左一撇,右一捺,打两个战国人名?从哪入手呢?得啦,给皇上点面子。"忙道:"臣才疏学浅,实在猜不中,还请皇上宣了谜底,臣认罚就是了。"

乾隆这个高兴啊,可把你纪晓岚问倒啦!"告诉你,一个是秦国大将白起,另一个是楚国的春申君,黄歇,难道纪爱卿不知道?"

纪晓岚听过之后,说:"臣愿受罚。可有一事,向皇上请教。"

乾隆说:"请讲。"

纪晓岚说:"制谜之道当是会意为正宗,拆字者当以结果为谜面,手段为谜底,您这'八'字,意为'白字之起为一撇,黄字末笔为一捺'正犯了制谜之大忌,谓之'倒葫芦'。可用二人之名作谜面,打一字谜底为'八',即顺谜成章矣。"

乾隆听了,说:"噢,制谜还有这么严的规矩。今儿就算一乐,不赏也不罚,你看如何?"

纪晓岚忙说:"臣遵旨。"

"猜谜"晋级

眼看到了正月十五元宵节,乾隆召来纪晓岚,兴致勃勃地说:"纪爱卿学富五车,元宵节晚,纪爱卿制一联,隐含字,着众爱卿文华殿猜灯助兴。若无人猜中,朕准你官升一级,你看可好?"

纪晓岚忙道:"臣遵旨!"

那日,乾隆来到文华殿,高高兴兴地和文武百官一同赏月猜灯谜。殿内吊起两个大宫灯,灯下各悬上下联:

黑不是,白不是,红黄更不是。

和狐狼猫狗仿佛,既非家畜,又非野兽。

诗不是,词不是,论语上也有。

对东西南北模糊,虽为短品,也是妙文。

和珅在一旁问纪晓岚:"你这联打什么呀?"

纪晓岚答道:"即景而作。"

乾隆对着联,凝眉而思,良久无人能破。众官员看到皇上那么入神,想打破窘状,纷纷奏道:"禀万岁,还是请纪学士宣了谜底,可好?"乾隆含笑准奏。

纪晓岚听了急忙撩衣跪在乾隆面前不作声。乾隆一看就明白了,说:"纪爱卿平身,朕昨日所言,绝非戏语。"

纪晓岚这才笑眯眯地起身,挥笔写了谜底:"猜谜"二字,双手呈给乾隆。

众官员看过,无不称妙叫绝。纪晓岚轻松地晋升一级。

这副联纯属后人拼凑而成,上下联有重字,文不成句,又无平仄,均犯联之大忌。纪晓岚若出此联,何以称得上文华殿大学士?又有何能编纂"四库全书"?此联谜无非博得一笑罢了。

绝句嵌十"一"字

乾隆微服下江南,这晚乾隆、和珅、纪晓岚君臣三人在江边散步。见一只小渔船泊在江边,老者稳坐船头,手持竿垂钓。只见浮标上下沉浮,老者急速甩竿,一条大鱼在江面晃动。老者一拍大腿,摘鱼入户,哈哈大笑。

君臣见此情此景,诗兴大发。乾隆对纪晓岚说:"纪爱卿,古人云,诗者因感而发,因景而生,不知纪爱卿,对眼前之情景有何感而发?"纪晓岚说:"臣怎敢在万岁面前弄斧?"

乾隆说:"这样吧!我们三人各占一绝,限四句七言,嵌入十个'一'字方可,纪爱卿必得头筹。"

纪晓岚说："臣遵旨就是。"心里说，这又是和珅调弄的，作不出来的话，他借此贬低我，压我一头。纪晓岚再一次望那江水渔舟，背手踱了几步。悠然自得，吟道：

一篙一橹一渔舟，

一丈长竿一寸钩。

一拍一呼复一笑；

一人独占一江秋。

纪晓岚不愧才子，一首七绝含十个一字，把一幅《秋江独钓图》，绘画得绝妙。乾隆听罢不住地点头。"和珅，纪爱卿此诗，已成绝句，我等自愧不如，你我都胜不得他，你说呢？"和珅赶忙迎合道："皇上说得极是，极是。"

"七鹅"讥庸臣

乾隆帝偶得一幅《百鹅图》，心中高兴，诗意顿生。

这一日朝罢，政事议毕，乾隆命侍人将《百鹅图》悬于殿上。

"众位爱卿，朕有一《百鹅图》，今日朝罢，爱卿各赋一诗，字数不限，形式不拘，不知众卿意下如何？"

殿下朝臣，各个畏缩不前，纪晓岚提笔便写：

鹅鹅鹅鹅鹅鹅鹅，

一鹅一鹅又一鹅。

群臣窃笑，这是何等诗文！

只见纪晓岚手握笔，看这般人等，又写：

食尽皇家千钟禄，

凤凰何少尔何多？

乾隆看罢称妙，而那些尸位素餐之辈、滥竽充数之徒，都低下了头，不敢看那张图和纪晓岚那首诗。

免"黄梁"解民难

嘉庆年间,河北献县大旱,老百姓求纪晓岚上奏免征皇粮。纪晓岚在纸上写了两个字,告诉来人如此这般,这般如此,着他速速照此办理。来人返回献县。

大秋已过,纪晓岚跟随嘉庆帝来到献县。銮仪正往前行走,忽然前面拥出数十个顽童,抬着水筲粗的黄色木梁,上写"黄梁"二字,横在路上挡住去路。

太监回奏嘉庆,嘉庆听罢,说:"快把'黄梁'撤去!"

话音刚落,纪晓岚带领顽童,跪倒谢恩:"献县大旱,万岁口谕撤去皇粮,解救百姓,皇恩浩荡!"

百姓闻听,齐呼万岁,嘉庆只好免去献县一年的皇粮。

"黄梁"二字与"皇粮"同音同声,纪晓岚利用这点为百姓解难。

巧辩"梨、离"与"柿、事"

纪晓岚伴乾隆南行,一路行来无事。这日见路旁果树林中梨子已熟,纪晓岚到树下摘了一个梨,自己吃了。

乾隆一见心中不悦,便对纪晓岚说:"纪爱卿可知孔融让梨之事?"

"回皇上,此事焉能不知。"

"既知当让,为何你得梨不让?"

纪晓岚说:"梨者,离也。臣奉命伴驾出京,不敢让梨。"

乾隆又说:"要是君臣二人分吃不也可以吗?"

纪晓岚摇手忙说:"不可,越发不可。"

乾隆问:"这是为什么呢?"

纪晓岚说:"臣何敢与君分梨(离)呀!"乾隆听了无话可说。

又走了一段路,看见一棵柿子树,纪晓岚上前摘了一个熟了的柿子,切成两半儿,分给乾隆一半儿吃了。

乾隆一边吃一边问:"这柿子怎么可以分食呢?"

纪晓岚说:"柿者,事也。臣伴君行,有事(柿)可共参(餐)嘛!"

郑板桥的故事

送贼诗

清代书画家郑板桥年轻时家里很穷。因为无名无势,尽管字画很好,也卖不出好价钱。家里什么值钱的东西都没有。

一天,郑板桥躺在床上,忽见窗纸上映出一个鬼鬼祟祟的人影,郑板桥想:一定是小偷光临了,我家有什么值得你拿呢?便高声吟起诗来:大风起兮月正昏,有劳君子到寒门!诗书腹内藏千卷,钱串床头没半根。

小偷听了,转身就溜。

郑板桥又念了两句诗送行:

出户休惊黄尾犬,越墙莫碍绿花盆。

小偷慌忙越墙逃走,不小心把几块墙砖碰落地上,郑板桥家的黄狗直叫着追上小偷就咬。郑板桥披衣出门,喝住黄狗,还把跌倒的小偷扶起来,一直送到大路上,作了个揖,又吟送了两句诗:

夜深费我披衣送,收拾雄心重做人。

吟蟹诗

郑板桥任潍县知县时,有一天差役传报,说是知府大人路过潍县,郑板桥却没有出城迎接。原来那知府是捐班出身,光买官的钱,就足够抬一轿子,肚里却没有一点真才实学,所以郑板桥瞧不起他。

知府大人来到县衙门后堂,对郑板桥不出城迎接,心中十分不快。在酒宴上,知府越想越气。恰巧这时差役端上一盘河蟹,知府想:"我何不让他以蟹为题,即席赋诗,如若作不出来,我再当众羞他一羞,也好出出我心中的闷气!"于是用筷子一指河蟹说:"此物横行江河,目中无人,久闻郑大人才气过人,何不以此物为题,吟诗一首,以助酒兴?"郑板桥已知其意,略一思忖,吟道:"八爪横行四野惊,双螯舞动威风凌,孰知腹内空无物,蘸取姜醋伴酒吟。"知府十分尴尬。

审石头

话说郑板桥到潍县上任的第五天,一大早他有事坐轿出去,回来的时候已经快到晌午了。他那肚里唱起了小曲儿,便一个劲儿地催轿夫快走。可是,轿子到了衙门前,却走不动了,只听外面呜呜呀呀地乱喊乱叫。郑板桥掀开帘子往外一看,见街两边吵吵嚷嚷拥过一帮人来。一边高声喊着:"县太爷来了,迎接县太爷!"一边把衙门口堵了个严严实实,水泄不通。郑板桥看得明白,心里想:这又不知是为我预备的什么好"菜"!我须仔细防范才是。

他正这么想着,忽听人堆里"叭"的一声响,接着是一个男人的号叫和恶言浊语的斥骂。原来这街两旁有些摆小摊做生意的,见一些不三不四的家伙一窝蜂似的往这儿拥,知道不好,赶快拾掇起摊子往外躲。有一个卖稀粥的徐老汉没来得及躲避,被这帮家伙一下子挤倒在路旁。那粥罐不偏不倚,正好砸在了一块七角八棱的青石上,摔了个粉碎。黏糊糊的粥淌了一地,溅了徐老汉一身。一个满脸麻子的家伙一下子把他揪住,财主地痞们趁机大吵大闹起来。瞬间,县衙门前乱得像开了锅。

郑板桥一看这光景,心里早明白了八分。他吩咐一声:"落轿!"那轿子便稳稳当当地停在了街当中。吵闹声也一下子止住了。

郑板桥不慌不忙地从轿子里走出来,问道:"你们不各行其是,聚在府前大吵大闹,是何道理?"

话音刚落,那麻子立即揪着徐老汉前襟,上前答道:"禀告老爷,您上任四五天了,小的们都没得空拜望,今日特来府前迎候,偏这老儿眼中无老爷,故意扰乱……"

"老爷恩典。"徐老汉战战兢兢地把麻子的话截住说,"实在不是小的故意扰乱。我家中有一瞎眼婆娘和五个儿女,全靠我卖稀粥度日。今日不知哪个缺德的将小人绊倒路旁,粥罐这一砸,全家得饿一天肚子。小人冤枉,请老爷替小人做主。"他说着说着,不由得掉下泪来。

郑板桥看看徐老汉,觉得实在可怜。他扫了众人一眼,刚要开口,一个腰腿滚圆的胖财主朝郑板桥作了一个揖说:"小人看得分明,这老汉确是被'不知哪个缺德的'绊倒的。老爷身为父母官,实在该给百姓做主。"

郑板桥上下打量了他一眼,问道:"既然你看得分明,是哪一个做的这缺德之事?但说无妨。"

胖财主故意拉着长腔,指着路旁那块石头,装模作样地说:"告老爷知:不怨天,不怨地,作孽的是这块七角八棱的大——青——石!请老爷明断!"

胖财主话音一落,别人也七嘴八舌地附和上了,衙门前又吆三喝四地吵成一团。

这时候,郑板桥已完全猜出了他们的用心,紧跟着想好了一条对策。他故意显得郑重其事地问道:"这么说,这块石头是砸碎粥罐、惊扰我县太爷的罪魁祸首了?"

"正是。"

"谁做证人?"

"小的们都亲眼所见。"

"那好,我今日就审审这罪魁祸首。"郑板桥吩咐衙役,"给我把这块石头绑到堂上。"随后又朝着众人说:"既然是诸位亲眼所见,那就请到公堂做证吧!"

"小的们愿往。"

于是,县太爷在前,衙役、石头随后,徐老汉、豪绅、恶棍等紧跟,呼呼啦啦,拥进了县衙。

没多久,县太爷升堂了。堂前一边跪着徐老汉,一边是那块大青石,两旁站着证人们。郑板桥端坐堂上,手指青石问道:"好个可恶的石头,你为何无事寻事,将老汉的粥罐砸破?给我如实招来!"

堂下鸦雀无声。

郑板桥将惊堂木一拍:"来人!给我打它四十大板!"

衙役们遵命,一五一十地打起石头来。两旁的豪绅、财主、地痞、流氓们见了,挤眉弄眼,偷偷发笑。

郑板桥瞟了他们一眼,突然大声问道:"你们本是上堂当证人的,不好好听老爷审案,乱笑什么?"

堂下乱纷纷地答道:"笑老爷执法如山,赏罚分明。可惜,这块哑巴石头,就是问上三年,怕也逼不出一句话来呀!"

"怎么,这石头是哑巴吗?"

"千真万确。"

"那么,它可会走动?"

"天生的死物,无嘴无腿。"

"住口!"郑板桥忽然把惊堂木一拍,站了起来,喝道,"它一不会说话,二不能走动,怎么能欺负这卖粥老汉,成了砸碎粥罐的罪魁祸首呢?这分明是你等存心不良,嫁祸于'人',欺骗本官。欺官如同欺父母,我今日对你们决不轻饶!"随即命令左右:"这帮无赖罪该万死,一人赏四十大棍,赶出堂去!"

这一下可把这伙恶棍们吓坏了。他们深知刑罚的滋味,不用说四十棍,就是一棍两棍,他们也受不了啊!他们本想寻衅捉弄郑板桥,没想到却被郑板桥倒"捉"了。一个个"扑通扑通"跪在堂前,磕头虫一般求起饶来。郑板桥呢,自然还有一番心计,他当即吩咐衙役端来一个大笸箩摆在堂前,说道:"你们既哀求本官,本官也不为难你们。你们哪一个不愿受刑,就在笸箩里留下赎罪钱,本官便放你们回去。"

你想想,这伙东西谁不顾命?他们纷纷扔下钱,溜出府去。没多久,那笸箩里的钱就满满当当盛不了啦！郑板桥把这些钱全给了徐老汉,还好言安慰了他一番,叫人送他回家。徐老汉感激万分,逢人就说:"咱潍县来青天大老爷啦！我亲眼见的,青天大老爷！"

打这以后,潍县的豪绅、财主、地痞、流氓,再也不敢出坏主意算计郑板桥啦！

"奉旨革职"

郑板桥当县官时,遇到了灾荒之年。因开仓放粮,周济穷人,被皇上撤了职。于是,雇一小船,顺着大运河回扬州老家去。

一日,见前面码头停泊着一条官船,桅杆上挂着"奉旨上任"的旗子,要所有的民船回避。郑板桥自言自语道:"你奉皇上的旨意上任,我奉皇上的旨意革职。不都是'奉旨'吗？你神气什么？"于是,拿了一块绸绢,书写"奉旨革职"四个大字,也挂到桅杆上去。官船上的,是朝廷一个大奸臣的儿子,叫姚有财。此人虽不学无术,但仗着老子的势力,捞了个乌纱帽,这回正要到扬州上任去。这时见一只小船的桅杆上挂着"奉旨革职"的旗子,觉得奇怪,一打听,原来是郑板桥,就派人向他索字画。

郑板桥听说这个姚有财,除了吃喝嫖赌、欺压搜刮百姓外,别的一窍不通,就很快书写了一首诗:"有钱难买竹一根,财多不得绿花盆,缺枝少叶没多笋,德少休要充斯文。"每句开头一字,连起来是"有财缺德"。姚有财接过一看,差点气昏过去。

吟诗骂巡抚

郑板桥不会巴结上司,被罢了官,回到扬州老家务农,写字画画,也怪清静自在。有一天他进城办事,拄着竹杖,手提竹篮,打扮得像个老农民,很不起眼,谁也看不出他当过官。路上要过一条大河,他走上渡船,在前舱找个地方坐下,船就离了岸。这时,只见一顶大轿抬来了一个官员,衙役跑到岸边,喝道:"快开回来!巡抚曹大人要过河!"船家立即把船又靠了岸。衙役们上船,要把所有坐船的人都赶走。郑板桥高低不走,说他有急事一定要坐这一趟过去,况且船钱已经给过了,没有理由不渡他。船家说:"巡抚曹大人要过河,请你下次再走吧。"郑板桥脖颈儿一硬,说:"他过河,我也是过河,他坐他的,我坐我的。"船家碰见他有这犟劲,没法子了,只好说:"请你老到后艄委屈一下,前舱让给曹大人坐。"船家一直赔着笑脸,尽说好话。郑板桥只好到后艄蹲下来。前舱里设着官座,那个曹大人高高在上地坐着,好不威风!郑板桥心里越想越气:什么鬼大人,把老夫挤到这里,骂他一顿才解气呢!他略一沉思,高声吟道:

可恨青龙偃月刀,

华容道上未斩曹。

至今留下奸臣种,

逼得老夫蹲后艄!

这诗被前舱里的曹大人听见了,他怒气冲冲地命人搜查,一定要把吟诗的人找出来。一个衙役如狼似虎地冲到后艄,见一个很不起眼的农民老头蹲在那里,跑上去踢了一脚,把他拉到前舱来。曹大人正在生气,存心要好好惩治一下吟诗骂他的人。等到拉来了郑板桥,他大吃一惊:原来是他的老师!他赶紧离了座位,跑过来,把老头子扶到上座,跪下就磕头。郑板桥把学生扶了起来,二人谈起话来。

那个衙役看见这般情景,魂都吓掉了!他跑上去"扑通"跪下,磕了几个响头,说:"小的该死!小的该死!"说着伸开巴掌自己打自己几个嘴巴。

曹大人见了,忙离座向郑板桥打躬说:"这奴才如何冒犯了老师?弟子定要严加惩处!"郑板桥笑笑说:"这些人,狗仗人势的有,背着主子作恶的不多;多数则是上行下效,近朱者赤,近墨者黑。至于这个人属于前者还是后者,你是清楚的,该如何惩处,请三思而后行。"

这时,船到对岸,郑板桥下船扬长而去。

唐伯虎的故事

画 扇

有一次,唐伯虎坐船游玩,没事就坐在船后跟船老板闲谈。船老板不认识唐伯虎,唐伯虎也不认识船老板。船老板有把白纸扇子,两面都是白的。一会儿扇一扇,过一会儿又扇一扇。唐伯虎看中了,想在扇上作画,于是对船老板说:"老板,你这把白纸扇子蛮好噢!"

"嗳!蛮好!"

船老板一边说,一边又把扇子摊在眼前看了看。

唐伯虎说:"上面要有一点儿画就更相宜了。"

船老板一想,有道理:"公子,你会画吗?"

唐伯虎说:"会一点儿!"

船老板巴不得,说:"请公子在上面画一点儿好吗?"

说着就把扇子送到唐伯虎面前,这正合唐伯虎的意。

唐伯虎说:"好!"

唐伯虎接过扇子,打开包,拿起笔,在想画什么。这时刚好从头顶上飞过几只麻雀,就画麻雀。画好了,看上去不清楚,就像个黑墨团儿,一共画了七只,一只一个神态。船老板一看,哪知道,就是画了七只麻雀,很不快意,嘴里就说出来了:"你这公子,不会画就不要逞能替人家画。你看,一把好好的白纸扇子都给你画坏了!"

唐伯虎说:"噢!老板,你看画得不好吗?"

"嗯!"

"不要紧,你看不好,我替你拿掉好了。"

"你能拿掉,就替我拿掉好了。"

唐伯虎把笔一搁,用个中指推着黑墨团儿,慢慢地向边上趱,一趱,趱到边上,用力一掸,呼噜——一只麻雀落在水里,扑……扑……扑……飞上天了。

又推着一个黑墨团儿,慢慢地向边上趱,一趱,趱到边上,用力一掸,呼噜——一只麻雀落在水里,扑……扑……扑……又飞上天了。

这样,七只麻雀,掸掉了六只,唐伯虎又要推第七只了。船老板晓得是个宝贝,忙说:

"公子,还有一只不要掸了,还有一只不要掸了。"

说着就伸过手把扇子抢了过去。一看,上面还有一只看上去是个黑墨团儿,实际就是只麻雀,真像个活的。船老板又求唐伯虎:"公子,请你再画一只!"

唐伯虎说:"我的笔只能画一次,画第二次就不灵了。"

画 虎

一天晚上,唐伯虎到一家山村客栈投宿。睡到半夜,忽然听到老板和他老婆哭哭啼啼的。唐伯虎听了实在心酸,就起来问老板:"你们夫妻俩深更半夜啼哭,有什么苦楚?"老板把房门一开,愁眉苦脸地说:"不瞒你说,小店旁边驻扎了军营,当兵的天天来吃喝吵闹,吃酒不给钱,吓得老百姓都不敢上门。我们做小本生意的,赚得起亏不起,想想往后的日子,就难过了起来!"唐伯虎一听,呵,原来是这么一回事。他想了一想,说:"不要烦,我有一个办法,管叫那些吃白饭的当兵的不敢上门。"唐伯虎说完,走到店堂里的一张桌子旁,拂开一张白纸,画了一只吊睛白额的猛虎,可威风呢!他叫老板把画挂在大门口柳树上。老板也不晓得什么意思,就照唐伯虎的话办了。过了一天,那些吃白饭的当兵的又来了。离店很远,就看见一只吊睛白额的大老虎蹲在门口,吓得转身就溜,鬼叫着:"老虎来啦,老虎来啦!"说来也奇怪,这画上老虎见到老百姓来店,却非常乖,给人一看是幅画;见到吃白饭的当兵的就威风抖擞起来。什么道理呢?原来唐伯虎在画的虎眼上点了三个小字:"见兵威"。

"大黑点"戏笑纨绔郎

这一日,唐伯虎正在家中作画,来了一群慕名求画的纨绔子弟。唐伯虎一看,无一有才之人,便对众人约定:"我画一幅画,打一个字,猜中者,赠画两幅,不中者只好请便。"众人一听,都点头认可。

唐伯虎在画案上铺上白纸,在纸上涂了一个大墨团。书童将这画挂在了堂屋。众人望着这张画,有说是"黑",有说是"墨"……唐伯虎只是摇头不作声,一个时辰过去了,无人猜中。

这时祝枝山来了,众人围过去。"祝大相公,帮我们解唐相公这张画吧!"

祝枝山笑着说:"这一团墨汁嘛,可以看作是个'大黑点',合起来不就是个'默'字吗?"众人面面相觑,只好空着手默默无声地走了。

不知羞

宋朝时候,有个人经常咬文嚼字,自以为能吟诗作赋,所以目空一切,瞧不起人。后来他听说欧阳修擅长作诗,心想:天下真有比自己更会作诗的人么?得去看个虚实。于是他就背了个包袱去访欧阳修。走到半路上,他看见一棵很大的死树,就兴致勃勃地作起诗来:

门前一古树,两股大桠杈。

他讲了这么两句,却想不出后面两句词儿来。正在那里苦苦思索,恰巧欧阳修从他后面走来,就替他续了两句:

春至苔为叶,冬至雪是花。

这人回头一看,并不认识来的人就是欧阳修,就对欧阳修说:

"想不到你也会作诗,那我们俩一同去拜访欧阳修吧。"

于是他俩便一同上了路。两个人来到一条河堤上,那堤上有一群鸭子,鸭子见人来了,都跳下水去。这人见了,又作起诗来。

一群好鸭婆,一同跳下河。

欧阳修听了,又借用骆宾王的名句:

白毛浮绿水,红掌拨清波。

后来他们一同渡河,这人在舱内又作起诗来:

两人同登舟,去访欧阳修。

欧阳修便又帮他续了两句:

修已知道你,你还不知修(羞)。

不敢属马

刘墉是乾隆皇帝的宠臣。一天,刘墉问乾隆:"万岁,今年尊庚多大?"

乾隆回答:"今年四十五岁,属马的。你呢?"

刘墉垂手回答:"臣也四十五岁,属驴的。"

乾隆感到惊奇,又问."孤王属马,爱卿怎么属驴呢?"

刘墉讨好地说:"万岁属马,臣怎敢同属?只好属驴了。"

徐文长的故事

难倒窦太师

徐文长从小就很聪明,十多岁时学问已经相当渊博。

有一年秋试,皇帝派了一个叫窦光鼐的老太师到绍兴来主试,他为了筹备考务,提前来到绍兴。

窦太师每次游街过市,总是有一块"天下无书不读"的御赐金牌扛在前面,鸣锣喝道,耀武扬威,自以为文章压倒天下,目空一切,傲慢非常。

这天,正是盛暑季节,炎热非常。徐文长听说窦光鼐要来了,心想:把他的御赐金牌除下,给他一个下马威。主意既定,就袒睡在东郭门内的官道当中。

"嗤嗤……"鸣锣喝道的声音越来越近。头牌执事看见一个小孩睡在官道当中,就禀告老太师:"有个小孩挡官拦道!"窦光鼐听说挡道的是小孩,他不以为意,吩咐停轿,自己出来看看。只见那拦道的小孩睡得很熟,连忙把他叫醒。徐文长故作恭敬地站在一旁,等候发落。窦太师开言问道:"你睡在石板上做什么?难道不怕皮肤烫焦?"徐文长大大方方地回答说:"不做什么,晒晒肚皮里的万卷书"。窦太师听他口气很大,就说:"既然你喜欢读书,一定还会对课。我有个课要你对,对不出,你应该让道回避。"徐文长立刻提出反问:"如果对得准,那怎么办?"窦太师心想:一个小孩有什么了不起。就随口说:"如果对得好,把全副执事停在这里,老夫步行进学宫!"

窦太师想起绍兴南街有三个阁老台门,便随口出题:"南街三学士",徐文长不假思索,回对:"东郭两军门"。窦太师一听,觉得南街对东郭,文官对武将,而且这五个台门都是绍兴城内有名气的,不由得点头称赞:"奇才!"这时徐文长故意问窦太师:"你那块金牌上的六个大金字,作何解释?"窦太师听他问起金牌,马上得意地说:"皇上晓得我天下无书不读,因此御赐这块金牌!"徐文长接着又问:"那么,太师爷,你对《时宪书》总该熟读吧?"窦太师被问得目瞪口呆,暗想:不要说熟读,就连书名也没有听到过。徐文长见时机已到,把早已准备好的《时宪书》拿出来,递给窦太师说:"太师没读过,学生倒会背。"说着,就朗朗地径自背诵起来。背得又流利,又纯熟。

窦太师果然也聪颖,真是过目不忘,名不虚传,等徐文长背完,他也会背了,但徐文长还能倒背,窦太师却不会。徐文长理直气壮地问:"太师爷既有书未读,那么这块金牌将作何处理?"窦太师尴尬地说:"那当然对我不适用了。"

窦光鼐只好兑现自己的诺言,刚想举步朝学宫走去,徐文长却叫住他:"启禀太师,自古中国才子算浙江,浙江才子算绍兴,绍兴处处出才子,太师要小心提防!"窦太师冷笑一声,愤然而去。

等到开考的时候,大家写好文章,收毕文卷,窦太师吩咐暂勿退场,一面抽卷阅读,好的果然很多,特别是徐文长的考卷写得更好,但是卷后却画上了徐氏祖先的灵位,窦太师借此提笔落批:"父亲虽好,祭祖太早。"

为了想试试绍兴才子的本领,窦太师念了一个课。"宝塔圆圆,六角八面四方。"叫大家对来。全场默然无声,大家都想不出好句。窦太师连声催促,全场只好举起一只手来摇摇。窦太师一看,连徐文长也在内,没有不摇的人。

这时候,窦太师洋洋得意,禁不住冷言相嘲:"绍兴果然多才子,对起课来变呆痴!"窦太师正想返场,徐文长突然高声喊道:"太师你弄错了,我们都已对出,而且对得好。"窦太师一下愣住了!徐文长接下去说:"这个课我们人人从小会对,因为考场规矩森严,不能你言我语,闹成一片,只好用手摇摇作个暗号,就是对:'玉手尖尖,五指三长两短。'不是很好吗?"窦太师经他一说,惊讶得呆若木鸡。

从此,窦光鼐进出府门,只听到鸣锣喝道的声音,再也看不到"天下无书不读"的御赐金牌了。

站在桌子上

有一天徐文长到了杭州,他见一家面馆门外站着一群人,一问才知道杭州面馆的规矩是:凡吃光面的,一律没有座位,只能在店门外站着吃。徐文长觉得这种规矩未免太欺负穷人了。他就对一群穷人说:"谁要吃鸡面,听我指挥,跟我来!"当下就有二十多人跟着徐文长进了面馆。他分派大家在桌子旁坐好,对堂倌说:"每人一碗鸡面。"不多时面到,徐文长首先从凳上蹬到桌子上,又叫跟来的人也都站在桌子上,随后端着面吃起来。掌柜的见桌上立满了人便来干涉:"你们为什么要站到桌上吃面呢?"徐文长不慌不忙地问道:"光面在什么地方吃?"掌柜回答说:"在门外吃。"徐文长又问:"肉面在什么地方吃?"掌柜回答:"坐在凳上吃。"徐文长便抢着说:"鸡面比肉面还高一等,当然就该站在桌子上吃!"

圣贤愁

大名鼎鼎的徐文长先生,无人不知,无人不晓。一般人和他打赌,总是让他占了优胜。所以他在自家门口写着"圣贤愁"三字。意思是圣贤人见了,也要愁眉不展呢。

一天,吕纯阳和铁拐李知道了这消息,便走到徐文长那里,对他说道:"徐先生,你在门上写的如此夸口,但我们总有点不大相信,现在我们两人和你同到酒馆里去打赌,好吗?"

"好的。"徐文长满口答应。

他们三个人刚跑到酒馆,徐文长便问道:"你们两位先生喊我来,有什么事领教呢?"

吕纯阳说:"今天我们三人各作一首诗,以'圣贤愁'三字为题,每人说一字,须要合辙押韵,如谁人作不出,今天的酒钱,就要谁人付!徐先生赞成吗?"

"赞成!赞成!"徐文长答。

吕纯阳又说:"老铁先作'圣'字吧!"

铁拐李随口说道:"耳口王,耳口王,酒壶之酒我先尝;我看桌上无下酒,割下耳朵放桌上。"

他说完了,当即在身边拿出小刀,把自己的耳朵割下,血淋淋的摆在桌上。徐文长见了,大惊失色,心想,这次一定要吃亏了。

吕纯阳接着说道:"臣又贝,臣又贝,酒壶之酒我先来;我看桌上无下酒,割下鼻头当酒杯。"他说罢,也将自己的鼻头割下,放在桌上。徐文长见此模样,吓得目瞪口呆,几乎说不出话来。幸亏灵机一动,开口说"愁"字道:"禾火心,禾火心,酒壶之酒我先饮;我看桌上无下酒,拔根毫毛当点心。"说毕,从腿上拔下一根毫毛,也放在桌上。吕、铁两仙见自己输了,只得付清酒钱而去。

苏东坡的故事

苏东坡打分

从前,有个人路过杭州时,拿出自己写的一卷诗去请教大诗人苏东坡,并当场抑扬顿挫地朗诵起来。朗诵完了以后,他问苏东坡:"你看我这诗能打几分?"

苏东坡说："十分,完全可以打十分!"

他听了很高兴,又问苏东坡："凭什么能得这满满的十分呢?"

苏东坡说："七分是朗诵,三分是诗,加在一块不就十分吗!"

免得麻雀散伙

苏东坡的邻人请苏东坡吃酒,桌上有一盘红烧麻雀,一共是四只。有个客人,一连吃了三只,把剩下的那只请苏东坡吃。苏东坡说："还是你吃了吧,免得它们散了伙!"

王安石、苏东坡的"笑""鸠"之争

传说中,苏东坡曾以《字说》中某些字的字义穿凿附会,与王安石当面对"笑"与"鸠"二字的字义争辩。

王安石的《字说》刊印之后,引起很多人的关注。苏东坡发觉书中对一些字的见解,确有独到之处,但也发现对一些字的解说着重于字的结构,却忽略了形声字,把有些形声字当作会意字解说,实有不妥之处。

这一天苏东坡见到王安石,就把他请到一家酒肆,二人对坐小酌。苏东坡说："介甫兄,小弟有一字与兄台共商。"

王安石一听这口气,就料到苏东坡是来挑《字说》毛病的。因为苏东坡反对王安石的"青苗法"。

"不知有何见教,请当面讲。"

苏东坡说："以竹鞭马为'笃',以竹鞭犬岂能为'笑'也?"

王安石一听,这是《字说》中我说的两个字。以竹鞭犬为笑,确实有些不妥,可又不能当面服输,便不正面回答,反问苏东坡："鸠字从九还是从鸟,难道还有什么根据可说吗?"

苏东坡听了只好也用穿凿附会的解法反驳王安石:"诗云:'鸤鸠在桑,其子七兮。'七个儿子加父母不正是九个鸟吗?"说罢,二人哈哈大笑。

刘伯温巧传"一"字谜

元代末年,刘伯温(基)辞官还乡,在家乡村里办了一个书馆,以授徒为乐。

春天,刘伯温带几个学生郊游,在路上偶有所得。他要考考这几个学生的智力如何,便说:"我有一字谜,你们猜猜看。"随即说了下列一则谜:

天没他大,人有他大;放在口中便讲话。

学生们都动脑筋想,已经猜中,但都不直接说出谜底。

一个学生说:"先生此字'竖立似根柱,放倒似根梁,三榜数状元,就是不成双'。"

另一个学生说:"先生此字'弟兄排行他在先,年年月月他在前,世上数他称魁首,孤孤单单独自眠'。"

第三个学生说:"先生此字是'上不在上,下不在下,正在两头,卡住上下'。"

刘伯温听了三个学生的对答,很高兴,说:"猜谜之道,妙在不言中,以谜答谜,正如圣人云:'举一隅不以三隅反,则不复也',孺子可教也。"

刘伯温的谜底为"一"字,三个学生的谜底都是"一"。刘伯温引孔子的话,就是后来的成语"举一反三"。

"进士第"改"进去剃"

苏州的阿三开了个剃头店,正式营业这天,阿三找到祝枝山,请他给剃头店写一块匾挂在门前。祝枝山想借此机会逗逗乡里的臭乡绅。于是他给阿三的剃头店写的匾是"进士第",字写得潦草,那个"第"字又像"弟"。果然有个乡绅,大为恼火:"穷小子竟敢写上读书人专用的进士第!这还了得!"便告到县衙门。

当差役还没来的时候,祝枝山在匾上加了四笔,把"进士第"改成"进去剃"。

差役不问青红皂白,把匾摘下来,抬到县衙的大堂,知县一看那匾上明明写的是"进去剃",合情合理,把乡绅痛骂了一顿,又命差役把匾赶快送回去。

楚项羽保树解字谜

项羽在民间被称作西楚霸王,他是秦末抗秦起义军的领袖。项羽不仅英勇善战,而且文才也不低于武力。幼时居住山区,对树木非常珍惜。他效法古人之说"保之如赤子,仰之如慈母,爱之如自身",对树木倍加保护。

项羽幼时在他的家乡下相(今安徽宿迁西南)村,家家庭院之内都栽不同的树。这年秋,他走过一家院子门前,闻到一股股清香之气,原来这家院子里栽了一棵桂树。却见一位老人手持一把斧子,蹲在树旁,脸色阴沉。项羽正要上前搭话,那老人突然起身,抡起斧子向桂树砍去。项羽急忙走上前去拦住老人。

"老伯,这树遮荫开花,为何用斧砍哪!"老人说:"昨日一位巫师看过,他说,方方院中,有棵树,是为'困'字。我想人被困院中,岂不是厄运当头吗?砍去它,或许能吉星高照。"

项羽听罢,请老人先把斧子放下,坐在一旁。他对老人说:"老伯,方块中一个'木'字,是困字,这与人何干。若将树砍去,方方院落中,别无他物,人来人往,那岂不成了'囚'字?可就更不吉利了。"老人听罢,放弃了砍树的念头。

陶渊明解谜慰少女

陶渊明辞了彭泽县令,回到家乡过上悠闲的田园生活。

这一日陶渊明到河边闲游,见一少女坐在河边掩面泣不成声。陶渊明赶忙上前,问她为何如此伤心。少女哭泣着说:"日前家父请了一个算命的巫士,说是我已到出嫁年龄,算算我的命是好是坏。"那个巫士写给父亲四句话:

风流女,河边站,杨柳身子桃花面。

算命打卦她没子,儿子生时娘不见。

说罢少女又呜咽地哭着说:"先生您听,我的命好苦噢!"

陶渊明笑着对少女说:"不要哭了,快别哭啦!那算卦的先生说的是一个谜,是他对你貌美的赞语。他把你比作一朵花,你猜得着吗?"

少女深思了片刻:"先生,他说的是荷花吗?"陶渊明拍手大笑:"对啦,快回家告诉你父亲去吧!"

蒲松龄的故事

吟诗骂贪官

蒲松龄在淄川县西铺村毕际友家当私塾先生时,有一天毕际友举行宴会,把蒲松龄请去陪客。

毕际友是告老还乡的侍郎,应邀赴宴的除了达官显贵,就是文人墨客。酒过三巡,为了凑趣,毕际友提议以诗为令喝酒,并规定诗中要有三字同头、三字同旁,隔行相见,前后呼应,韵脚任选。客人们都想露一手,无不赞成。于是,东道主毕际友为了说明设宴的目的,先吟了一首:

三字同头左右友,

三字同旁沽清酒。

　　　　　今日幸会左右友，

　　　　　聊表寸心沽清酒。

　　吟罢,客厅里响起一片掌声。

　　来客中,数当朝刑部尚书王涣祥的官最大,他当然不甘落后。东家吟罢,他整整衣冠,举目环视一圈干咳两声吟道：

　　　　　三字同头官宦家，

　　　　　三字同旁绸缎纱。

　　　　　若非当朝官宦家，

　　　　　谁能常穿绸缎纱？

　　吟罢,喜欢拍马屁的人交口称赞,举杯祝贺,接着就冷了场。毕际友拍拍蒲松龄的肩膀："蒲先生,看你的啦!"

　　蒲松龄深知王涣祥贪赃枉法,百姓恨之入骨,正想找机会出出胸中的怒气,东家此时让他作诗,正合心意。他站起身来,高声吟道：

　　　　　三字同头哭骂咒，

　　　　　三字同旁狼狐狗。

　　　　　乡野声声哭骂咒，

　　　　　只因当道狼狐狗!

　　蒲松龄吟罢,只见王涣祥面红耳赤。别人暗暗称赞蒲松龄有胆量,同时也为他捏一把汗。王涣祥知道此时动怒就是承认自己是贪官,无奈,只得红着脸强作笑容："好诗,好诗!"这才打破了僵局。

"高山响鼓"和"八窍通七窍"

　　清代著名的文学家蒲松龄,自幼刻苦奋读,学识渊博,因屡试不第,只好以教书为生,他写的《聊斋》驰名文坛。

　　当时淄川乡下有个土财主,一心想让儿子做高官,发大财,闻蒲松龄大名,便请他到家来教家馆。蒲松龄教了三个月。这天蒲松龄向财主告辞,财主设宴为先生钱行。

席上,蒲松龄对财主说:"令郎学业有成,老夫另有去处。望员外体谅。"

财主忙还礼,问道:"吾儿文章如何?"

蒲松龄说:"高山响鼓,声闻百里。"

财主听了很高兴。又问:"小儿在易、礼诸家想必通了?"蒲松龄,勉强笑了笑说:"八窍已通七窍。"说罢离席而去。

蒲松龄走后,那财主便急忙赶到做县衙师爷的弟弟家中,让他为孩子报名参加乡试,先捞个秀才、举人什么的。

师爷听过哥哥说的蒲松龄临行的话语,哭笑不得,气愤地说:"你让那穷教书匠戏耍了一番,大哥,你反而自鸣得意!"

财主说:"兄弟,你且说说其中缘由。"

师爷解释道:"那教书匠说的'高山响鼓,声闻百里',那是笑咱那孩子'不通!不通!'那'八窍已通七窍',只剩一窍,那不是'一窍不通'吗?"

财主听了,气得两手发抖。

庞振坤的故事

巧断钱袋

庞振坤的邻村有一个割草娃,在路边草丛里拾到一个青布钱袋,内装八十二枚铜钱,便拿回家去交给了母亲。母亲教育他:"别人的东西不能要,赶快送给丢钱的人。丢钱的人现在该有多着急啊,我们要替他想想。"割草娃听了母亲的话,就跑到拾钱袋的地方等失主。

割草娃等了好半天,见一个人一边跑一边东瞅西看。割草娃问来人找什么,那人答道:"钱袋掉了。"割草娃举起钱袋说:"这是你的钱袋吧?我在这里等你大半天了。"那人一见钱袋,忙接过来,一数钱,八十二枚一枚不少,转忧为喜,连声谢都没说,转身便走了。

原来丢钱的人叫二赖子,是个赌棍,那天赢了八十二枚铜钱,高兴得不知东南西北,回家时不小心把钱袋丢了。二赖子拿着钱袋走了不远,心想:这割草娃真憨,拾到钱都不要,我不如再讹他几个钱花花。他想到这里又拐回来,叫住了正要回家的割草娃,大声说:"我这钱袋里装的是一百枚铜钱,现在咋会只剩下八十二枚了?"割草娃说:"我拾到的就是八十二枚。"二赖子说:"不对,明明是你把那十八枚昧起来了。你若不给我,我就拉你去见官。说你偷了我的铜钱,管叫你皮肉开花,还得给钱。"割草娃心想:自己没做亏心事,见官也不怕。他们拉拉扯扯地来到了城里。

他们走到大街上,正好碰上州官出来游玩,就争着上前,跪下说道:"小人有冤,请大老爷明断。"州官问明了事由,心中已明白了八九分,断定割草娃是个老实娃,派人去问了他母亲,和割草娃说的前后经过一样,就决定处罚二赖子。可这二赖子也是不好对付的,能缠会磨,州官犯愁找不出好法子处理这件案子。

正在这时,庞振坤从旁边经过,见好多人围着看热闹,上前一打听,知道是为钱袋打官司。他见州官犯愁,就"嘿嘿"一笑说:"这案好办得很。人家拾的是八十二,二赖子掉的是一百,说明这钱袋不是他的。"州官一听,受了启发,连声说:"对,对。这钱袋暂给割草娃,去另等失主,等不来失主,本官断给你自用。二赖子另去找你的钱袋,不准胡赖。"二赖子一听,说:"这青布钱袋明明是我的啊!"庞振坤拍了拍自己的青布钱袋说:"我这儿也有个青布钱袋。青布钱袋多着呢!你应记着你那一百枚钱才对。"二赖子干张嘴没啥说,只得垂头丧气地走了。

讨戏钱

庞振坤从襄樊回邓州途经黄集,见有一伙人在哭。他到跟前一看,原来是一伙唱戏的。他就问掌班的为啥哭。掌班的说:"我们在这里唱了三天戏,最后唱的是《斩杨凡》。有个绅士说我们的戏唱白了,说什么:斩了人,咋不见流血?咋不见人头落地呢?一个钱也不给。我们连盘缠也没有,咋回家呢?"庞振坤说:"这不难,我领你们再去唱一回,一定要讨回两次的戏钱。"掌班的认出是庞振坤,知道他的门道多,就答应了。

庞振坤领着戏班又来到原先那个地方,见了那个地头蛇绅士说:"我来晚了一步,他们把戏唱白了。我再给你们补上。"

那个绅士打量一下庞振坤说:"看胡须你也不像杨延景,你根本就不是个唱戏的!"庞振坤说:"你是隔门缝看吕洞宾——把神仙看扁了。唱戏的有啥记号?你点哪儿我唱哪儿,戏若唱白了,你再说也不晚。"

那地头蛇绅士是个鸡蛋里头挑骨头的人,多少戏班来唱戏,到最后,他都要来找毛病,不给戏钱。这家伙见庞振坤说得嘴硬,心想:好吧,走着瞧!他便说:"要是把戏唱白了咋办?"

庞振坤笑着说:"地没坏地,戏没坏戏,全在唱的功夫到不到。你莫看我这破布装,麻秆枪,烂裤裆,破戏箱,可尽唱些好戏!若把戏唱白了,咱一文钱不要。可是丑话先说头里,若唱不白,你说咋办?""唱不白,一天给两天的钱。""好,一言为定,咱立个文约。"于是,双方立下了文约。

一开台,那地头蛇绅士点了一出《曹操下江南》。开演了,文武场闹台一毕,出来了四对黑旗兵,"嗨嗨"呐喊着走了个龙套进去了。又出来四对红旗兵,"嗨嗨"走了个龙套又进去了……如此这般,黑、红、蓝、白、绿旗兵轮番上场,一"嗨"到底,鼓锣齐鸣。直闹了三天,最后,庞振坤扮曹操上场念白:"本相曹孟德,带领八十三万人马,杀奔江南而去。"念罢,马鞭一挥进去了,戏也完了。

那地头蛇绅士一看,气坏了,气势汹汹地到后台质问庞振坤:"你唱的这是啥戏?"庞振坤一边卸装一边说:"我唱的是《曹操下江南》,你说我哪一点唱白了？""《曹操下江南》咋会只过兵不唱戏？"庞振坤笑着说："你说曹操下江南带多少人马？""八十三万。""是啊，你说八十三万人马得过几天？这才三天就过到了中军还嫌少吗？"那绅士的嘴一张一张，回答不上来，只得按文约给了双倍的戏钱。

智戏李稀毛

庞振坤聪明机智，常常戏弄官僚豪绅，为民出气，在城镇乡村传为美谈。这一来便惹怒了时常欺穷害民的无赖豪绅李稀毛，他认为长了穷光蛋们的气焰，压了富家的威严，扬言非要找庞振坤见个高低不可。

这天，庞振坤正在一棵弯腰槐树下靠树休息，李稀毛骑一匹枣红马扬鞭而来。庞振坤只装没看见，就用肩头顶着弯腰槐树不动。李稀毛来到庞振坤面前，勒缰扬鞭问道："你就是庞振坤吗？"庞振坤说："正是。"李稀毛趾高气扬地说道："人都说你庞振坤聪明无双，巧言善骗，老爷我可耳听为虚，眼见为实，今日我要与你打赌，一见高低。你若骗得了我，这匹坐骑奉送给你；你若骗不了爷，我要你给我牵马。"

庞振坤一听，觉得此人太狂妄了，一定要惩治他一下，于是说道："小人蒙众人过奖，徒有虚名，怎敢当。如若老爷定要见教，请改日再会。"李稀毛追问一句："这却为何？"庞振坤道："一来今日小人的智囊未带，再者此树将要倒下，脱不得身，等主人拿来顶杠把树顶牢，小人回去取来智囊再赌不迟。"李稀毛一听，认为庞振坤心中胆怯，借故推却，便进一步说："我暂替你顶树，你快去取来智囊一见高低。"庞振坤一听，便装作无可奈何的样子说："既然这样，就请老爷委屈一时。"李稀毛来到弯腰槐树下，像庞振坤那样用肩头顶着树干，庞振坤叫道："用劲儿，用劲儿，再用劲儿……"直到李稀毛咬着牙，咧着嘴，把吃奶的劲儿都使出来的时候，庞振坤才装着抽出肩膀来，还用手摸摸似乎压痛了的肩头，慢慢地说："就这样不能松劲儿，一松劲儿，树倒下来会把你压成肉饼。我回去不停，只要半日就来了。"

李稀毛一听,心里乱哄哄的,心想:顶这半日我可受不了,树要倒下把我压成肉饼可咋办?于是,他对庞振坤说:"那你把我的马骑上,快去快来。"庞振坤一听,正合心意,就说:"也好,骑马更快些。"庞振坤骑上枣红马,猛抽两鞭,扬长而去了。

庞振坤来了

庞振坤小时候,跟着叔父生活。他看到别的孩子读书,很眼红可是叔父就是不让他上学。他自己偷偷跟人家学,学会了不少字。

有一次,叔父家来了个朋友,二人在一起谈天论地,说古道今。那个朋友谈到古时候有个司马光,五六岁就知道砸破缸救孩子,真聪明。庞振坤的叔父接着说:"要是咱有这么聪明的娃,花钱再多也要供他上学,将来也会成个名堂。"坐在一旁的庞振坤接着说:"就是司马光跟着你,你恐怕也舍不得掏学费。"他叔父一听,觉得有失体面,很生气,大声斥责道:"小毛猴子,大人说话,哪由你插嘴,快出去玩儿。"庞振坤赶紧出来了。

客人走后，庞振坤见到他叔父说："你说我是小毛猴子，咱俩明天一起去邓州城，看谁认识的人多。"他叔父说："你不过想到城里看看，就叫你去，看谁会认识你。若没有人认得你，小心回来屁股发烧。"第二天，庞振坤手里提着一个小孩玩的灯笼，做得非常花哨，跟叔父一起去邓州城。

到了城里，庞振坤跟着叔父转完南街转北街，串罢东巷串西巷。庞振坤不论走到哪里，都有不少人惊奇地看他，嘴里还说："看，'庞振坤来了'！"庞振坤点点头回答说："嗯，来了。"起初，他叔父以为大街上人多重了名，一个没出过门的小娃谁会认得？就把他领到背巷里转。走不远碰上一群学生走过来，刚走到跟前，就见学生指着说："看，'庞振坤来了'！"庞振坤又说："嗯，来了。"他叔父感到奇怪，又把他领到茶馆里。他叔父进了门，只有卖茶的向他打了个招呼。庞振坤一跨进门，几个老学究就说道："看，'庞振坤来了'！"庞振坤小声说："嗯，来了。"他叔父更感到稀奇，就领他回了家。

到了家里，他叔父问他："你没进过城，为啥城里的人们都认识你？"庞振坤笑了笑说："你不是说我是小毛猴子，这会儿你知道谁认识的人多了吧。"他说完，把手里的灯笼高高举了几下。他叔父一看，见庞振坤做的花花绿绿的灯笼上面写着"庞振坤来了"五个字，这时才恍然大悟，原来人们并不认识庞振坤，是在念灯笼上写的字。他叔父笑了起来，说："你门道真多，你门道真多，我一定供你上学。"

我是天子

早年，邓州城有个叫潘高的人。此人狗舌头，势利眼儿，是个当面叫哥哥、背地掏家伙的谄媚小人，整天想踩着别人往上爬。庞振坤整治过他几次，他恨之入骨。

一天晚上，庞振坤打着灯笼从他门前走过。潘高见庞振坤的灯笼上写着"我是天子"四个大字,直笑得嘴咧到脑门后。他想:该你庞振坤背时,写的反字叫我看见了;也该我走红运了,我去给州官大人一说,哼,说不定还封我个小官儿呢!潘高越想越高兴,碗里饭也顾不得吃完,就撂下碗飞奔而去。不大一会儿,四个衙役便把庞振坤抓上大堂。

州官得意忘形地说:"嘿嘿,庞振坤你是望乡台上打转转儿——活过月了吧!竟敢自称天子!先把他绑了。"

"慢来!先说个一二三再绑。"庞振坤毫不示弱,笑呵呵地说。

"你自称天子,欺君犯上,这一条就够了,还说啥一二三呢?"

庞振坤说:"常言说:病从口入,祸从口出。我若自称天子,是我口招是非,应该打嘴巴,头和身子分分家也好。若无凭据,大人,咱们是要黄鹭鹭垒窝——麻缠,麻缠哩!"

潘高听了这话,是怀里揣兔娃儿——"扑腾扑腾"地发毛,没等州官开腔,他一把夺过庞振坤的灯笼说:"大人,你看这四个字是啥?"州官果见灯笼上写着鸡蛋大四个字:我是天子。于是,厉声喝道:"庞振坤,人证物证俱在,你还有何话可说?"

庞振坤慢声慢气地说:"怕是大人吃的酒肉多了烧花了眼,眼皮底下吊秤砣——只见大,不见小。请你往下细看。"

州官凑近灯笼看了好一会儿,原来在"我是天子"后边还有三个小字"一小民",字比蝇子头还小。他这才意识到自己太莽撞了。州官不好下台,就说:"你这是故弄玄虚,无事生非,按理也该治罪。你为啥把'我是天子'写得大,'一小民'写得小?"

庞振坤说:"不怨我字写得小,是你眼大,只看见天子,看不见小民。你想想,我这'小民'咋能比上'天子'呢?"

庞振坤一席话,说得州官张口结舌,面红过耳,满肚子憋气无处发泄,就迁怒潘高多事。他咬牙切齿地说:"来人,把潘高按倒,狠扇他嘴巴子。今后,不许你姓潘的再搬弄是非,嘴要痒了,去老枣树上蹭蹭。"

劝 架

庞振坤住的村里,有两个出名的人,一个外号叫"惹不起",一个外号叫"人人愁"。

一年夏天,正是焦麦炸豆的时候,针尖对着了麦芒,"惹不起"和"人人愁"在麦场上吵起架来。

人们知道他们难缠,跟他们说不清理,谁也不来解劝。后来他们吵着吵着就撕打开了。

不一会儿,只见"人人愁""哎呀"一声躺倒在地,娘呀妈呀号叫起来。"惹不起"一看"人人愁"耍赖要讹人,怕上了他的当,趁势也躺倒在地,哼哼唧唧装着不得了啦。

人们看见打倒了人,这才跑过来看。

"人人愁"见来了人,叫得更惨,说:"他把我打伤啦,得给我养病,拿汤药钱。"

"惹不起"见来了人,哼得更可怜,说:"他把我打得不能动啦,得找人给我收麦、种秋,给我治病。"

两人躺在太阳地上,各说各的理,各提各的条件,谁也不让步。

这时候,两人的老婆也跑来啦,又是一阵对骂。眼看两个女人又要动手,在场的人没有办法,只好去请庞振坤来劝架。

庞振坤听说是"惹不起"和"人人愁"的事,心中就有了数,到麦场上一问一看,便有了主意。他往场中间一站,说话了:"你们都不懂事!大热天不怕把他俩晒坏了,赶紧抬到场边王老三的房山底下,让他们凉快凉快,有话慢慢说。"

"惹不起"和"人人愁"躺在场里,下蒸上晒,早已招架不住,听说往阴凉处抬,满心喜欢。但他们万万想不到要到王老三的房山底下。他们知道王老三的房山墙早就歪了,那地方是躺不得的。可他们还要装着不能动弹,又不好说拣别的阴凉处去躺,只得硬着头皮让抬了过去。

他俩看着向外歪斜的山墙,心里跳得像捣蒜。他们想:躺在这里,可要放机灵点儿,发生意外,翻身就跑,等别人来抬便晚了。

庞振坤刚坐下来,要给他们评理,突然,"呼呼啦啦"从山墙上边落下土来,围着看热闹的孩子们听见响声,一哄而散,喊着墙要倒了。"惹不起"和"人人愁"也不怠慢,忽一下爬起来,撒腿便跑。

庞振坤喊他们站住,问道:"你俩跑得好快,伤都好了吧?"

"惹不起"和"人人愁"没话可说,都看着山墙发愣:哗哗往下掉土,咋没倒哩?

庞振坤说:"房子没长歪心眼儿,不会骗人。你俩也别装孬骗人啦,干活儿去吧。"

原来房子上落下来的土是庞振坤让人撒的。

胡乱锯

有一个秀才,没有多少真才实学,可偏偏爱到处乱讲一气,真是见树不说跺三脚。他谈历史,总是东扯葫芦西扯瓢,驴头扯到马胯上。但听的人只能说讲得好,不能说讲得坏;谁要说讲得坏,他就和你大吵大闹。因为他有这个毛病,所以,人们一见他都赶紧躲起来。

有一次,庞振坤在屋里看书,秀才见了凑上去,刚到跟前,就讲起三国故事来。他头上一句,脚下一句,说得一嘴白沫也不停。庞振坤听得心烦,起身要走,又被秀才拉住了。庞振坤走不开,就对秀才说:"你不叫走,你先歇歇,让我给你讲个笑话。"秀才答应了。原来躲着的人们一听说庞振坤要讲故事,也都围了上来。庞振坤便慢悠悠地讲起来了:

"从前,有个木匠出门做活儿,到很晚才回家。走到半路上,被几个鬼缠住了。木匠把锛一举说:'快走开,不然,我用锛锛你们。'几个小鬼一齐说道：'不怕。'木匠又把斧头一举说道：'快走开，不然，我用斧头砍你们。'几个小鬼又一齐说道：'不怕。'木匠把锯一举说：'快走开，不然，我用锯锯你们。先把你们的头锯掉，再把你们的脚锯掉。'几个小鬼听了，都吓得急忙跪下说：'你可别这样，我们不怕你砍不怕你锛，就怕你头上一锯（句），脚下一锯（句），胡乱地锯呀。'"

周围的人们，听完都哈哈大笑起来，那秀才红着脸走了。

一肚子青菜屎

有一个阔公子，本来什么都不懂，可他说起话来，偏偏文里文气的，以为这样，才能显示出学问大。一天，阔公子碰见了庞振坤，指手画脚、摇头晃脑地说："请贵先生讲段故事，不亦乐乎！"

庞振坤点了点头，吐了口唾沫，讲了起来："有一只喜鹊搭了个窝，斑鸠要去卧，喜鹊不让卧，两个便打起来了，从树上滚到了地上。芝麻虫爬过来说：'别打了，别打了，我来给你们评评理。'喜鹊和斑鸠各说各有理，芝麻虫听后说：'一鹊做穴，千鸟可卧。'喜鹊一听，走上前去，用尖嘴叼起芝麻虫，使劲往地上一摔，芝麻虫被摔得稀烂。喜鹊气狠狠地说：'一肚子青菜屎，还文气啥哩！'"

庞振坤刚讲完，阔公子赶紧溜了。

买鸡蛋

有个"生意精"，常来庞振坤住的村里收鸡蛋。他总是老的欺少的哄，压秤又压价。庞振坤看他太不像话，就说："城有城里价，乡有乡里价，买卖公平，你不能欺老哄少。""生意精"说："做生意是一个愿卖一个愿买，两方情愿就行。"庞振坤听了更生气："价钱不公道，小心你破财。""生意精"听了满不在乎，心想：这人说话怪冒失。随口答道："做生意不坑人就不会发财。"庞振坤不再理他，准备找个机会治治他。

一天下了雨，庞振坤到城里茶馆喝茶。恰好遇上"生意精"蹲在茶馆门口卖鸡蛋。他看旁边还立着个石碌,心里有了门道,上前对"生意精"说:"鸡蛋咋卖的?""生意精"答道:"城里老价钱,一个钱仨。"茶馆里人听了都说太贵了,一个钱四个才公道。庞振坤说:"啥贵贱,我等着走亲戚。"说着就去挑鸡蛋。庞振坤空着两手没拿东西,地上又都是泥,鸡蛋没处放,庞振坤就把鸡蛋放在石碌上。石碌上面只有藕叶那么大,又很光,鸡蛋放上去直往下滚,"生意精"赶紧用胳膊圈住。庞振坤挑了一百个,不挑了。"生意精"劝他再挑一些,庞振坤又挑了五十个,把一个石碌上面堆得再也不能放下一个了,"生意精"用胳膊抱,胸脯挡,一动也不能动。庞振坤拍拍手说:"你别动,打碎了可算你的。我去对门找个筐就来,要是耽误的时间长一点儿,说明有客缠住了,你喊一声,我好脱身,我叫狗娃儿'。""生意精"想着一百五十个鸡蛋卖了好价钱,心里美滋滋的,连连说:"行,行,你去吧。"

庞振坤钻进对门的巷道,一去就是老半天。"生意精"胳膊也累了,腿也酸了,头上也急出了汗,一动也不敢动,要多难受有多难受。最后他再也等不下去了,就扯着声喊:"狗娃儿,狗娃儿……"这一喊不大紧,从巷道里蹿出几只大狗来。狗见"生意精"撅着屁股弯着腰,汪汪叫着往上扑,吓得"生意精"拔腿就往茶馆里钻。他刚一动身,鸡蛋从石碌上呼呼啦啦往下滚,只见"啪嚓"一声,"啪嚓"一声,一百五十个鸡蛋变成了一摊黄汤子。

正在这时,庞振坤从巷道里扛个筐走出来,见了"生意精"先埋怨道:"你老兄,真太没耐性。""生意精"恼了,上前叫道:"你这家伙儿,真不是好东西,专门整治人。"庞振坤回道:"你嘴放干净点儿,做生意是一个愿卖,一个愿买,两方情愿就行。这是你说过的话。这回咱俩也是周瑜打黄盖——一个愿打,一个愿挨,你能埋怨谁?""生意精"听了一细看,见是在乡里辩过嘴的那个人,知道是在故意给他上劲儿,但又干生气没啥说,白白赔了一百多个鸡蛋,又受了半天劳役。

卖　画

有一年,庞振坤和一位卖字画的朋友到汉口去。那卖字画的朋友刚把字画挂起来,偏偏遇着汉口的水陆提督来选字画。这提督尖酸刻薄,神仙见了也发愁,他光夸字画好,就是不肯花钱。他把几张好字画全选走,却只给了几个铜板。卖字画的干生气没啥说。庞振坤暗暗骂道:"真是阎王爷不嫌鬼瘦,这么大个官儿还这样吝啬。看老子治你!"

回到店里,他叫卖字画的朋友画了几幅月夜图。除了月亮圆缺不同外,别的景色一模一样,丝毫不差。画好以后,用烟熏了熏,叫人一看,很像一幅古董画。他把朋友安置在别的客店里,自己住到提督府附近的一个小店里。他随着月亮的变化,挂各种月夜图,叫人一看,好像这些图会随月亮变化。于是,人们便传开了:"某某店里有位客人,有张月夜图能随月亮圆缺变样,一定是张宝画。"

这事被提督听到了,便亲自去看了几次,也信以为真。他眼红了,就把庞振坤请到府上,酒宴相待,死缠活缠要买这张画。两个人一番又一番地讨价还价,最后,那提督咬牙出一千两银子买去了一张下弦月图。那张下弦月图在提督府从初一挂到十五,又从十五挂到三十,一点儿也没变化。提督这才知道上了当,待捉拿庞振坤时,人早已走得无影无踪了。

喝酒吃肉

庞振坤有个朋友,是个老抠,谁到他家想吃顿好饭,喝点儿酒,那算是大白天睡瞌睡——白日做梦。庞振坤想破一下他的老规矩。

一天,他拎个糖包,骑着毛驴,到老抠朋友家做客。朋友一见庞振坤来了,很高兴,说了一大堆寒暄话,接到屋里,泡上茶,递过烟袋,就叫老婆去做饭。

　　庞振坤知道朋友酿了两缸黄酒,已经能喝了,可是只见朋友的老婆做饭,不见筛酒。他猜着又是舍不得叫喝酒。他看着放在墙角的酒缸,想给朋友提醒提醒。他和朋友边喝茶吸烟,便说东道西起来了。庞振坤对朋友说:"今年秋里,风调雨顺,五谷丰登,庄稼长得真好。"朋友说:"是比往年都好,你家棉花、芝麻收多少?""咱先不说这卖钱的。""对,对,先说那好吃的,你家包谷、豆子打多少?""咱们也先不说这,咱先说那红薯。""红薯长多大?""咱先不说那红薯有多大,你先猜猜那红薯秧有多长?""多长?""一丈长。"庞振坤站起来,一边走着比画,一边说:"从这儿一直到你这酒缸旁。"说着把酒缸使劲儿地拍了几下。朋友明白了庞振坤绕弯转圈,是为了要酒喝,就说:"你来了我就想给你筛酒喝,可又一想,酒还不太熟,所以也没叫你嫂子筛。"庞振坤接着说:"咱俩相好这么长时间了,你咋忘了我就喜欢喝那稍微生一点儿的酒。"朋友没话说了,只好让老婆赶快筛酒、炒菜。

　　酒菜一端上来,只有一个素菜。朋友怕庞振坤再转弯要肉吃,先开了腔:"庞贤弟来了,也不先打个招呼,今晌午连肉都来不及去割。"庞振坤笑着说:"酒肉、酒肉,有酒没肉不好下。"说完跑到厨房里,伸手抓过菜刀,挽起袖子,走到驴跟前要杀驴。朋友一见,急忙上前拦住说:"庞贤弟,你干啥?""杀驴下酒啊。""杀了驴你走时骑啥?""后半晌我走时,你不会把你养的老公鸡借给我骑骑。"朋友脸红了,很不好意思地说:"不是我舍不得一个老公鸡,你不知道,咱养了一大群鸡,只有一个公鸡,杀了没有叫鸣的。""我就不爱吃公鸡肉,光想吃老母鸡肉。"朋友又没话说了,只得割心割肝地杀了一只老母鸡,给庞振坤下酒。

医心病

庞振坤有个朋友叫王石头,这个人大门不出。有一次庞振坤劝朋友进城开开眼界,王石头高兴地答应了。他俩一起来到邓州城里,首先去看塔。

"邓州有个塔,离天一丈八。"这个民谣邓州的大人小孩都知道,可是乡下人真见过塔的不多。王石头第一次见到塔,非常惊奇。他抬头望望高高的砖塔,又看看塔周围的住房,心里忽然想到:塔倒了砸坏房子砸死人咋办?王石头从城里回来,心里早晚放不下这件事。没过几天,忧虑得害了病,卧床不起。他睡在床上成天念叨着:塔倒了可咋办?塔倒了可咋办?

王石头的老婆请了好些大夫给丈夫治病,可是,不论怎样吃药调治,病还是越来越重。有一天,王石头问他老婆:"我死后,你咋办?"他老婆不高兴他说丧气话,没好气地说:"你死了,我嫁给'老姜'。"在邓州方言里,"老姜"不指任何人。可是说者无心,听者有意。王石头想起邻村有个光棍叫老江,还和自己吵过嘴,自己死后,老婆要嫁给老江真叫人生气,想来想去,更加忧虑,病越来越厉害,整天眼都不睁。他老婆没办法,就去找庞振坤给想想办法。

庞振坤听王石头老婆细说一遍，知道朋友害的是心病，吃药是不行的。眉头一皱，心中便有了主意，安慰王石头老婆几句，让她先回去，随后就去看望朋友。

庞振坤到街上买了一小捆火纸，慌慌张张来到王石头床前，大声说："嘿嘿，十来天没见你咋病成这个样子？"王石头一听庞振坤说话，睁开了眼，看见了火纸，就生气地说："我还没死，你今天却拿着火纸来给我吊孝，多亏你还识文断字。"庞振坤听后，看了看手中拎的火纸，装着恍然大悟似的说："看我慌的，怎么把给后庄老江吊孝的纸拎到屋里来了。"王石头一听说老江死了，忙问："老江死了！他好好的咋会死了？"庞振坤说："你还不知道？昨天老江进城看塔，塔倒了把他砸死啦。"王石头一听，一骨碌坐起来，急忙问："砸到房子了没有？"庞振坤不慌不忙地说："倒在空地里，没砸到房子，就是老江不巧走到跟前，把他砸死了。"王石头听后长出了一口气说："这算罢了。"从此，王石头也不吃药了，病很快就好了。

为船家作诗

一天，庞振坤来到湍河渡口搭船过河。船老板认识他，笑着说："听说你是个秀才，能出口成章，就请你给我作首诗吧。你知道，我是个大老粗，作的诗要我听得懂为好。做得好，我就渡你过河。"

庞振坤点点头说："好吧。以什么为题目呢？"船老板指着城内高高的隋塔说："就以这塔为题。"庞振坤望了望塔，沉吟了一下，随即念道：

"好大一个昧地橛，攮进青天大半截。

若非女娲将天补，窟窿掉下老天爷。"

船老板听了，哈哈大笑说："好诗！好诗！快快上船。"